SVLTO

Sie müssen einiges aushalten können, die Frauen, von denen Dacia Maraini in ihren Erzählungen schreibt. Und sie tun es: Gelassen, stolz, überanstrengt, erhobenen Kopfes, ärgerlich, gelangweilt, heiter, belustigt ertragen sie alle Unbill und Lächerlichkeiten des Lebens.

Eine Frau dringt so tief in das Leben der Nachbarn – Mutter und Sohn – ein, daß sie eine Wand einreißen läßt.

Eine Frau führt zwei Leben: zwei Städte, zwei Männer, vier Söhne, aber ein Beruf, mit dem sie alle ernährt.

Eine Frau betrügt ihren Ehemann, bis sie dahinterkommt, daß sie trotzdem in seiner Hand bleibt.

»Die Unabhängigkeit besteht darin, sich nicht in eine Rolle drängen zu lassen, mal Mutter, mal Geliebte, mal Schwester oder mal Tochter zu sein.«
Dacia Maraini

Dacia Maraini
Mein Mann
Zwölf Erzählungen

Aus dem Italienischen
von Gudrun Jäger

Verlag Klaus Wagenbach Berlin

INHALT

Mein Mann 7

Winterschlaf 17

Mutter und Sohn 24

Die andere Familie 31

Das rote Heft 42

Schmerz zehrt 48

Die Leinenlaken 55

Marco 61

Ehetagebuch 73

Platos Baum 87

Maria 96

Die Hände 104

MEIN MANN

Mein Mann ist blond, er hat Geheimratsecken, blitzende Zähne und eine helle Haut mit großen braunen Sommersprossen. Mein Mann ist elegant, er legt Wert auf Kleidung und duftet immer nach Seife mit dem Aroma von Kölnisch Wasser. Mein Mann arbeitet in einer Bank, er ist Kassierer und verdient hundertzwanzigtausend Lire im Monat.

Wenn mein Mann redet, höre ich ihm aufmerksam zu. Seine Stimme ist belegt, gedämpft, leicht nasal. Was er sagt, ist immer sehr genau und richtig. Ich habe ihn nie etwas Unnormales oder Falsches sagen hören.

Mein Mann ist beliebt bei seinen Freunden und geschätzt bei seinen Vorgesetzten. Wenn er will, kann er auch ein Mann von Welt sein. Er setzt sich mitten in einen Kreis von Leuten und plaudert und diskutiert. Er streitet für die Wahrheit, bremst den Eifer der Freunde, und immer läßt er sich vom gesunden Menschenverstand leiten. Mein Mann ist geistreich, er macht gern Witze. Ab und zu steckt er mir eine Kröte ins Bett oder schmiert mir Marmelade in die Hausschuhe. Einmal hat er mir sogar einen selbstgemachten Kuchen serviert, mit einer toten Maus drin.

Mein Mann sammelt Briefmarken. Manchmal stiehlt er unseren Nachbarn die Post, um die Briefmarken für seine Sammlung auszuschneiden. Er besitzt zwei Alben, dick wie Telefonbücher und randvoll mit wertvollen Marken. Er sagt, eines Tages verkauft er seine Briefmarken, und mit dem Geld kaufen wir uns ein Haus auf dem Land.

Außer den Briefmarken sammelt mein Mann in diesen Alben neue Geldscheine, frisch aus der Presse. Er sagt, der erste Schein einer neuen Serie bringt Glück. Deshalb mopst er sie heimlich aus der Kasse, steckt sie in Tütchen aus hellblauem Transparentpapier und klebt sie mit Fotoecken auf die Albumseiten.

Seine Kollegen halten ihn für einen sehr klugen, intelligenten Menschen; sie kommen und fragen ihn um Rat, ziehen ihn ins Vertrauen. Sie kommen vor allem sonntags.

Ich mache dann die Tür auf. Wenn ich ein verächtliches und stumpfsinniges Gesicht mit nervös verdrehten Augen sehe, weiß ich, es ist ein Kollege von Mario, und führe ihn sofort ins Wohnzimmer.

Der Mann folgt mir, bleibt an der Tür stehen und sieht sich unsicher um. Wenn er schon ein paarmal dagewesen ist, geht er zielsicher auf den hinteren Sessel zu, weit weg vom Fenster; ist er zum ersten Mal da, bleibt er stehen, die Hände in den Taschen, und wartet, bis ich ihm sage, wo er sich hinsetzen soll.

Unser Wohnzimmer ist sehr düster, die Fensterläden sind immer fast zu, weil Mario sagt, das Licht bleicht die Möbel aus. Deshalb wirken die Gäste etwas verschüchtert und verängstigt, wenn ich die Tür vom Flur zum Wohnzimmer aufmache.

Einer kam jeden Sonntag, bis vor kurzem. Ein Kleiner mit scharlachroten Körperhaaren, die ihm sogar aus den Ärmelbündchen hervorschauten. Er kam, um über seine Frau zu reden, die mit dem Bankdirektor ins Bett ging. In der ersten Zeit fing der Rothaarige, wenn er von seiner Frau erzählte, immer an zu toben, traktierte die Möbel mit Fäusten und schrie. Sein Problem war sehr ernst: Wenn er die Stelle bei der Bank behalten wollte, mußte er so tun, als ob er nicht wüßte, was zwischen seiner Frau und dem Bankdirektor los war. Es machte ihm schwer zu schaffen, er konnte nicht mehr schlafen und manchmal nicht einmal essen.

Aber Mario fand Trost für ihn. Er hat sich lange mit ihm

unterhalten mit seiner sanften, überzeugenden Stimme, er hat auf seinen Spaziergang verzichtet, um weiter mit ihm zu reden, und er hat ihn sogar zum Abendessen dabehalten, dreimal hintereinander. Und dieser zunächst so bleiche, wütende Freund wurde allmählich ganz rosig und heiter.

»Er hat noch traurige Ecken in den Augen. Aber die kriege ich auch noch weg. Mach du uns einen ordentlichen Kaffee, Marcella. Ich möchte, daß er wirklich das Gefühl hat, er ist ein anderer Mensch, wenn er hier weggeht.«

Mario hat ihn davon überzeugt (und seine Argumente waren so schön, daß selbst ich ganz bezaubert war), daß der Direktor ein ganz wertvoller Mensch ist, ein Engel.

»Kann man einen Engel bezichtigen, sich in menschliche Angelegenheiten einzumischen?«

»Nein. Aber wenn er nun kein richtiger Engel ist?«

»Wie? Nach so vielen Behandlungstagen, und nachdem wir so viel über ihn geredet haben, und über seine Eigenschaften, die alles andere als menschlich sind ... Ich dachte, du hättest dich davon überzeugt.«

»Ich, ja. Aber manchmal kommen mir Zweifel ...«

»Zweifel kennen nur die Schwachen. Der Starke hat keine Zweifel. Der Starke handelt im Einklang mit sich selbst: sein Herz, sein Kopf, seine Leber, sogar seine Gedärme müssen im Einklang mit seinem Handeln sein. Bist du überzeugt davon?«

»Ich glaube, ja.«

»Gut. Ich frage dich noch einmal, kann man einen Engel als Störenfried für menschliche Angelegenheiten betrachten?«

»Nein, natürlich nicht.«

»Eben, ein Engel ist ein Engel. Er kann nicht anders, als Gutes tun. Wo immer er seine Flügel ausbreitet, müssen Glückseligkeit und Reinheit entstehen.«

»Er ist vielleicht ein Engel. Aber meine Frau ist es bestimmt nicht.«

»Deine Frau ist kein Engel. Aber der Umgang mit einem Engel kann sie nur besser machen, reiner und mehr im Einklang mit sich selbst.«

»Meine Frau ist nicht im Einklang mit sich selbst.«

»Nein, das ist sie nicht, aber sie könnte es werden. In der Nähe eines Mannes, der mit sich im Einklang ist, wird ihr Wesen diese Züge von moralischer und geistiger Plumpheit verlieren, die ihm eigen sind. Nach und nach wird sie sich von ihren Schwächen befreien, und du selbst wirst sie fast nicht wiedererkennen. Sie wird ein anderer Mensch sein.«

»Aber ich habe sie geheiratet. Eigentlich reicht mir, daß sie so ist, wie sie ist.«

»Du entmutigst mich, Carlo. Du liebst das Gute nicht so sehr, wie ich gedacht habe, du läßt dich anziehen vom Bösen. Von der Unordnung, vom Dunklen.«

»Ich schwöre dir, nein.«

»Dann hör mir zu. Ab morgen wirst du den Direktor beobachten. Versuch, ihm so nahe wie möglich zu sein, versuch, den Klang seiner Stimme in dich aufzunehmen, versuch, genau hinzusehen, wie er geht, wie er sich bewegt, wie er sich über die Tische mit den vielen Papieren beugt. Wenn du es schaffst, dir diesen Schleier aus Gleichgültigkeit und Passivität von den Augen zu reißen, wenn du es schaffst, mit dem Herzen zu sehen, dann wirst du sein Engelswesen entdecken.«

»Ich habe ihn oft angesehen, aber ich habe nie etwas Besonderes an ihm entdeckt.«

»Weil du vergiftet bist von der Niedertracht, wie die anderen Kollegen. Du kennst sie, du weißt, wie vulgär und dumm sie sind. Für sie ist ein Direktor ein Direktor, ein Kassierer ein Kassierer und ein Postbote ein Postbote. Für sie zählt nur der Schein. Jenseits des Scheins kennen sie nichts.«

»Das stimmt, sie sind dumm. Sie machen die ganze Zeit nur schmutzige Witze und lästern über die Kundinnen.«

»Na also, auch du siehst das ein. Und das bedeutet, daß du anders bist als sie, wertvoller. Du bist schon dabei, dich von der Normalität zu lösen. Bald wird dir vollkommen klar werden, was für Bestien unsere Kollegen sind und welch edler, reiner Geist der Direktor. Und dann wirst du es völlig richtig finden, daß deine Frau und er sich suchen und lieben, genauso, wie alles Schöne und Richtige sich sucht und liebt.«

»Das ist ja alles in Ordnung. Das einzige, was nicht in Ordnung ist, ist, daß er mich rauswirft, wenn ich mich beschwere.«

»Das ist ein niederträchtiger Gedanke von dir. Der Direktor wirft niemanden aus so niederen Motiven raus. Und außerdem – warum solltest du dich beschweren, wenn du überzeugt bist, daß diese Verbindung nur Gutes tut? Kann ein Engel Schlechtes tun? Nein. Also gib nach, sei wertvoller, sei anders als diese Bestien von Kollegen, die keinen Zentimeter über ihre Nasenspitze hinausschauen. Du selbst müßtest deine Ehefrau zu ihm führen, damit sie reiner und im Einklang mit sich zurückkehrt.«

Mein Mann spricht mit leichter Zunge, und alle hören ihm fasziniert zu. Es ist ihm nicht nur gelungen, diesen Kollegen dazu zu bringen, daß er seine Frau freiwillig dem Direktor überläßt, er hat auch viele andere überzeugt, noch unglaublichere Dinge zu tun. Ein Freund, der einen Hallodri zum Sohn hatte und sich in unserem Wohnzimmer ausweinen kam, sah schließlich ein, daß das gar nicht sein Sohn war, brauchte folglich nicht länger verzweifelt zu sein, sondern warf ihn aus der Wohnung. Zwei Tage später hat sich der Junge umgebracht. Der Vater kam händeringend angelaufen; Mario konnte ihn überzeugen, daß das, was geschehen war, nur bewies, daß der Sohn wirklich von einem anderen war und daß ein Übel stets das nächste Übel herbeiführt: den Tod zum Beispiel.

Ein anderer kam früh am Morgen, setzte sich ins Wohnzimmer, rauchte eine Zigarette nach der anderen und blieb dort sitzen bis zum Abend. Mario vergaß ihn zwischendurch manchmal, ging hinaus, kam wieder. Der Mann wartete schweigend in dem düsteren, verräucherten Wohnzimmer und steckte sich immer neue Zigaretten an. Er hatte nichts. Er war nicht krank, nicht arm, nicht in Sorge um die Familie wie die anderen. Er war nur lebensmüde. Er wollte sterben. Aber er wußte nicht, wie. Von Zeit zu Zeit entdeckte er ein neues Gift und machte sich hingebungsvoll an die Zubereitung, er wälzte Bücher, machte Tests an Mäusen und anderen Versuchskaninchen, erörterte alles lang und breit mit Mario anhand von Zeichnungen auf einem Stück Papier. An Puppen veranschaulichte er die Wirkung des Giftes im Körper, in allen Phasen, von den ersten Vergiftungserscheinungen bis zum Tod. Darunter vermerkte er mit kleinen Ziffern die Minuten, die das Gift brauchte, um seine Wirkung zu entfalten. Aber kaum schien alles klar und fertig, hörte er auf, sich weiter damit zu beschäftigen, und sprach nicht mehr davon, bis er das nächste, noch stärkere Gift entdeckt hatte.

Mario sagte, er sei ein schwieriger Fall. Worte wirkten bei ihm nicht. Er konnte nicht zuhören. Er blieb immer träge und passiv. Er lebte nur in bißchen auf, wenn von Giften die Rede war.

So ließ Mario ihn rauchen und im Sessel in unserem Wohnzimmer sitzen und setzte sich nur selten zu ihm, um mit ihm zu sprechen.

»Mach ihm einen ordentlichen Kaffee, Marcella, er kann ihn gebrauchen.«

Ich kochte ihm Kaffee und brachte ihn rein. Der Mann bedankte sich. Aber wenn ich wieder kam und die Tasse abräumen wollte, stellte ich fest, daß sie noch voll war und daß der Mann sich nur bewegt hatte, um sich die nächste Zigarette anzuzünden.

»Glaubst du, er wird immer bei uns bleiben?«

Was mich am meisten ärgerte, war der Rauchgestank, der sich in der ganzen Wohnung verbreitete und bald in Möbeln und Vorhängen hing. Sonst war es, als wäre er gar nicht da.

»Er ist ein eigenartiger Mann. Einem Toten ähnlicher als einem Lebenden. Ich kann verstehen, daß er sich umbringen will. Der Tod ist irgendwie sein natürlicher Zustand. Man muß ihm helfen. Aber wie?«

»Heute hat er mir von einem Gift erzählt, daß man aus dem Blut eines Parasiten gewinnt.«

»Irgend etwas an ihm ist verdreht, etwas, das ihn hartnäckig am Leben hält, trotz seines Willens zu sterben. Ich möchte wissen, was es ist.«

»Vielleicht will er nur darüber sprechen, aber nicht wirklich sterben.«

»Er ist schon längst tot, das habe ich dir doch gesagt. Das, was in ihm weiterlebt, ist eine Wucherung, eine Anomalie, irgend etwas Wirres und Unnützes, das vernichtet gehört.«

»Warum überzeugst du ihn nicht mit deinen schönen Worten?«

»Weil er nicht hört. Seine Ohren sind tot.«

Mein Mann begann, am Fall dieses Freundes, der sich nicht umbringen konnte, zu leiden. Er war jetzt nervös. Vielleicht weil er an seiner Macht zweifelte. Nachts wälzte er sich im Bett herum und konnte nicht einschlafen.

Eines Tages gingen sie zusammen weg, er und sein Freund. Ich wartete mit dem Abendessen auf sie. Aber um zehn waren sie immer noch nicht zurück. Das Essen wurde kalt. Ich fing an, Brot zu essen, um den Hunger zu besänftigen.

Ich habe auch ein Glas Wein getrunken. Und dann bin ich, glaube ich, eingeschlafen. Gegen Mitternacht hat mich das Geräusch des Schlüssels im Türschloß aufgeweckt.

»Bist du es, Mario?«

Er hat nicht geantwortet. Kurz danach habe ich ihn eintreten sehen, rot von der Kälte, mit zerzausten Haaren und zufrieden strahlenden Augen.

»Und dein Freund?«

»Er ist tot.«

»Hat er sich umgebracht?«

»Ja. Jetzt ist er wirklich der, der er ist. Jetzt tut er nicht mehr nur so, als ob.«

»Wie ist es passiert?«

»Wir sind in der Stadt spazierengegangen. Er hat wieder nur von seinen Giften erzählt. Dann sind wir auf einer Baustelle in ein Haus geklettert. In den obersten Stock. Das Haus steht auf einem kleinen Hügel, steil über einer Böschung zum Fluß. Wir haben uns auf eine kleine, frisch verputzte Mauer gesetzt und angefangen zu rauchen. Zwei, drei Stunden lang haben wir geraucht. Ich hatte steife Finger und einen so kalten Rücken, daß ich fast ohnmächtig geworden bin. Er spürte weder die Kälte, noch wie unbequem es war. Er starrte fasziniert auf die Böschung unter uns. Möchtest du dich nicht hinunterstürzen? fragte ich ihn. Ich möchte schon, aber ich kann nicht. Warum nicht? fragte ich weiter. Weil ich mir nicht selbst etwas Böses antun kann. Das ist widernatürlich. Aber was möchtest du dann? fragte ich. Gibst du mir einen Schubs? sagte er.«

»Das hat er so gesagt?«

»Ja, so. Wenn du ein wahrer Freund bist, gib mir einen Schubs, und ich werde endlich zufrieden sein. Du brauchst mich nicht zu bitten, sage ich. Ich bin genau deshalb hierhergekommen, um dich auf das Dach zu bringen und dir einen Schubs zu geben. Du hast mich wirklich gern, hat er gesagt, du verstehst mich besser als ich. Das ist meine Aufgabe, die anderen zu verstehen und ihnen zu helfen, bei sich zu sein und sich nie selbst zu verraten. Danke, hat er gesagt. Laß mich noch eine letzte Zigarette rauchen. Nimm dir Zeit. Wir haben ganz viel Zeit. Er hat die Zigarette angezündet, einige Züge gemacht, und dann ist er, mit der Zigarette im Mund, auf die kleine Mauer gestiegen. Ich habe ihn mit zwei Fingern geschubst. Ein winziger Schubs hat gereicht. Er ging ganz von allein abwärts. Er hat einen sehr schönen, sehr eleganten Flug gemacht. Dann ist er ein bißchen die Böschung entlanggerollt und schließlich in den Fluß. Er hätte nicht schöner sterben können.«

Mein Mann geht derart auf in seiner Mission, daß er manchmal sogar vergißt, Urlaub zu nehmen. Dieses Jahr zum Beispiel sind wir nicht aus Rom weggekommen. Ich hätte diese finstere, schweigsame Wohnung gern verlassen und wie jedes Jahr drei Wochen im Haus der Schwiegereltern in Riccione verbracht; aber ich mochte ihn nicht stören. Ich weiß, er hat schwierige Fälle, die er nicht allein lassen kann.

In diesen Tagen zum Beispiel kommt ein Junge in unser Wohnzimmer, ein magerer schwarzer Typ mit einem verkniffenen Gesicht und zwei tiefen Falten um den Mund. Er sagt, er hat den Drang zu stehlen. Deshalb hat er ein so verzerrtes Gesicht; es kostet soviel Mühe, diese Leidenschaft zu bändigen. Der Junge sagt, das Verlangen, zu stehlen, ist stärker als alles andere, und wenn die Versuchung ihn überkommt, möchte er lieber sterben als auf die Befriedigung verzichten.

Mario ist ein Mensch, der die Ordnung liebt, die Regeln, das Rechtschaffene. Er hat eine sehr strenge und genaue Vorstellung von den Pflichten eines Staatsbürgers. Deshalb hat er sich der Heilung des Jungen mit besonderer Sorgfalt gewidmet. Aber bisher ohne Erfolg. Nach vielen, vielen Behandlungstagen hat der Junge wieder angefangen zu stehlen.

»Heute nacht ist mir eine geniale Idee gekommen.«
»Was?«
»Weißt du, was man in der Antike gemacht hat, wenn jemand gestohlen hatte?«

»Nein.«

»Ihm die Hand abgeschnitten.«

»Warum?«

»Zur Strafe. Wenn deine Hand deinem Gehirn nicht gehorsam ist, schneide sie ab. So steht es in der Bibel. Ich glaube, das ist der einzige Ausweg.«

Ich bin immer mehr davon überzeugt, daß Mario die spirituellen Fähigkeiten eines Magiers hat. Wie ein Hohepriester einer schrecklichen, archaischen Religion; er empfindet weder Mitleid noch Unsicherheit. Und seine Sicherheit ist ansteckend, so sehr, daß am Ende alle nach seinem Willen handeln.

Mario hat den Jungen überzeugen können, daß er, um endgültig von seiner Leidenschaft geheilt zu werden, sich die Hand abschneiden muß.

Heute morgen sind beide ganz früh zum Sägewerk eines Freundes gefahren. Dort wird sich der Junge mit den braunen Haaren im Beisein von Mario mit einer Säge die Hand abtrennen. Und danach kommen sie hierher zum Kaffeetrinken.

So haben sie mir gesagt. Ich glaube aber, der Junge wird Verbände und Schlafmittel viel nötiger haben als Kaffee. Ich habe ihm die Couch im Wohnzimmer bezogen, auf der er sonst immer gesessen hat. Daneben auf das Glastischchen habe ich Beruhigungstabletten, Verbandszeug und ein Glas Cognac gestellt.

Das schönste aber wird der Anblick von Marios Gesicht sein, aufgeräumt und glücklich; das Gesicht eines Mannes, der seine Pflicht erfüllt hat.

WINTERSCHLAF

Bis vor einigen Monaten habe ich mich immer mit einer Schnecke ohne Haus verglichen. Tatsächlich kroch ich auf den Dingen herum und verletzte mich bei jeder Bewegung, ohne daß ich mich über sie hätte erheben können. Von der hauslosen Schnecke hatte ich die langsamen, horizontalen Bewegungen, den gedehnten, ungelenken, ausdruckslosen Körper.

Außerdem war ich wie gehäutet. Was da an den Dingen entlangstreifte und anstieß und sich mit ihnen vermatschte, war kein wohlgeglätteter, gut rutschender Körper, sondern ein Körper ohne Schutz, aus schmerzhaft offenem Fleisch. Aus diesem Grund habe ich gelitten und bin blind und stumpf auf der Suche nach einem Unterschlupf umhergeirrt, ohne ihn je zu finden.

Eine Zeitlang habe ich hartnäckig Trost von meinen Eltern gefordert. Ich lebte ja bei ihnen, ich konnte mich nie von ihnen lösen. Aber in Wirklichkeit haben sie mir nie geholfen, und dann starben beide auf einmal, im Abstand von ein paar Tagen, und ich stand plötzlich ganz allein da.

Man könnte sagen, ich habe im selben Augenblick leben gelernt, in dem sie starben. Eines Morgens nämlich, als ich bei meiner sterbenden Mutter am Bett saß, die Augen weit aufgerissen vor Kummer und Abscheu, und sie mich ansah, spürte ich plötzlich, wie ich hypnotisiert wurde von der Spannung und der Angst und dem Entsetzen angesichts dessen, was da geschah. Meine Pupillen, die starr auf einen Zipfel des Bettuches gerichtet waren, schliefen ein. Mein Körper schlief nicht, und auch nicht mein Geist. Sondern er arbeitete langsam und kreisend weiter, als ob er schweres, fettes Essen verdaute. Meine Augen jedoch schliefen, und mit ihnen meine Sinne.

Ich glaube, ich saß mehr als zwei Stunden so regungslos und abwesend da. Als ich zu mir kam, war ich erholt und gut gelaunt, ich fühlte mich fast stark. Meine Mutter war inzwischen gestorben.

Von diesem Tag an habe ich versucht, diese Methode willentlich anzuwenden. Anfangs war es schwierig; ich kam nicht in diesen Zustand der Anspannung und der Übelkeit, in dem ich wachend schlafen konnte. Erst nach langer Übung und mühevollen Versuchen gelang es mir, meinen Körper fast völlig zu bändigen.

Als mein Vater starb, hatte ich die vollkommene Beherrschung meines Empfindungsvermögens noch nicht erreicht. Ich erinnere mich an eine sehr lange Nacht, in der sich kurze Zeitspannen von hypnotischem Schlaf abwechselten mit endlosem, schmerzhaftem Warten. Gegen Morgen endlich fing ich an zu weinen und entdeckte, während mir die Tränen über Gesicht und Hals liefen, daß dort die ganze Kraft saß, die ich brauchte, um die Lider herum und unter den feuchten Augäpfeln, zwischen Augenbrauenbogen und Nasenscheidewand. Ich brauchte nur diese ganze Kraft mitten auf der Iris zu konzentrieren und nach außen zu projizieren, um mich von allen Schmerzen zu befreien.

Einige Tage danach fing mein neues Leben an. Ich räumte die Wohnung auf, warf ein paar alte, sperrige Möbel weg, nahm die verstaubten Vorhänge ab und wusch sie; ich verbrannte alle Zeitungen und Zeitschriften, die mein Vater in seiner Anwaltsstube gestapelt hatte; ich warf sämtliche alten Kleider meiner Mutter weg, die Anhänger, all den Plunder, der Schubladen und Schränke füllte.

Das Geld, das sie mir vererbt hatte, war nach wenigen Wochen alle. Also bin ich auf Arbeitssuche gegangen. Ich habe eine Anzeige in der Zeitung gelesen und mich vorgestellt. Zusammen mit mir waren noch zwanzig andere Frauen bei der Vorstellung. Aber kaum hatte ich sie gesehen, wußte ich, man würde mich nehmen; die anderen hatten sich herausgeputzt und versuchten, sich durch Schminke und modische Stiefelchen gegenseitig auszustechen, ich dagegen brauchte mich gar nicht anzustrengen, um als das zu erscheinen, was ich bin: weder zu jung noch zu alt, weder schön noch häßlich, fleißig, ehrlich, aufmerksam, gewissenhaft und ernst, lauter ideale Eigenschaften für eine Angestellte beim Arbeitsamt.

Wie ich es mir gedacht hatte, nahm man, nachdem wir alle geprüft worden waren, mich, und ich wurde sofort an die Arbeit gesetzt, an einen Schreibtisch voller Papiere.

Meine Arbeitskolleginnen sind mit mir nicht so zufrieden wie meine Vorgesetzten: Meine Schweigsamkeit und meine Bewegungen ärgern sie. Inzwischen haben sie sich daran gewöhnt und tun einfach so, als wäre ich nicht da. Nur manchmal machen sie sich lustig über meine Pünktlichkeit, meine Genauigkeit, über meinen abwesenden und halbblinden Blick.

Die Sache ist die, daß ich weitertrainiere zu schlafen, auch bei der Arbeit, und ich muß sagen, daß es mir fast gelingt. Bisweilen wache ich plötzlich schmerzhaft wieder auf, vor allem, wenn eine Kollegin mir auf die Schulter tippt oder mich aus Versehen anstößt oder mir ins Ohr lacht, um mich zu kränken. Dann schrecke ich auf und bekomme einen Fieberanfall, der zwar zum Glück nur wenige Sekunden dauert, nach dem ich aber kraftlos und matt bin.

Wenn ich nicht arbeite, sitze ich zu Hause auf einem Stuhl in der Küche und schlafe. Meine Augen sind immer offen, und ich könnte genausogut reden und mich bewegen oder irgendwelche einfachen Handgriffe erledigen, während meine Pupillen sämtliche Energien aus meinem Körper in sich hineinsaugen und ihn in einem schläfrigen, regungslosen Schwebezustand halten.

Bisweilen vergesse ich sogar das Essen. Vor ein paar Tagen bin ich auf der Straße ohnmächtig geworden. Zum Glück habe ich mir nicht den Kopf aufgeschlagen. Ich fühlte meine Kräfte schwinden und lehnte mich an den Kotflügel eines Fiat 600. Kurz danach verlor ich das Bewußtsein. Als ich wieder zu mir kam, lag ich auf einer Pritsche in der Unfallstation in der Via Arenula, und ein Arzt maß meinen Blutdruck.

Ich wußte sofort, es war Hunger. Ich erinnerte mich, daß ich seit drei Tagen nichts mehr gegessen hatte. Der Arzt hat mir eine Predigt gehalten und mich mit einem gutmütigen Klaps auf die Wange weggeschickt.

Zu Hause habe ich sofort den Kühlschrank aufgemacht. Es gab zwei vertrocknete, gelbe Mozzarella, eine Portion tiefgefrorenen Spinat und vier Würfel Hühnerbrühe. Ich habe Wasser heiß gemacht, die Brühwürfel darin aufgelöst und den Spinat hineinfallen lassen. Ich habe zwei Teller von diesem heißen Zeug gegessen. Ich hätte auch etwas anderes gegessen, aber ich hatte keine Lust hinunterzugehen. Morgen werde ich mir ein üppiges Mahl kochen, sagte ich zu mir. Aber am nächsten Tag war ich viel zu sehr mit meinen Selbsthypnoseversuchen beschäftigt, um an Essen zu denken, und als ich abends nach Hause kam, war der Kühlschrank wieder leer. Also habe ich eine Pfanne aufgesetzt, etwas Öl hineingegossen und die beiden Mozzarella gebraten; sie waren schon sauer. Ich aß sie mit Keksen, die ich hinten in der Küchenschublade gefunden hatte. Sie waren wohl schon sehr alt, denn beim Abbeißen ist mir ein Stück aus dem Eckzahn gebrochen.

Seitdem sind meine Wachphasen immer seltener und kürzer geworden. Die übrige Zeit schlafe ich diesen leichten, tauben Schlaf, der mir zur zweiten Natur geworden ist.

Nachts, wenn die Wohnung still und dunkel ist, wache ich manchmal auf, und der Schmerz, den ich empfinde, wenn sich mein Bewußtsein wieder in Gang setzt, ist dann so stark, daß ich das Gefühl habe, keine Luft mehr zu bekommen. In solchen Situationen stehe ich auf, mache alle Lichter in der Wohnung an und drehe am Radioknopf. Die Geräusche, das Licht, die Musik, aber vor allem die menschlichen Stimmen haben die Macht, mich in meine klare, schläfrige Trägheit zurückfallen zu lassen. Ich gehe wieder ins Bett, lasse aber die Lichter an, stelle das Radio neben meinen Kopf auf das Kissen und mache die Augen zu.

Um sieben klingelt der Wecker. Der Teil von mir, der gefügig und mechanisch wie eine Maschine funktioniert, setzt sich sachte in Bewegung und erledigt alles Notwendige von selbst: Ich steige aus dem Bett, gehe ins Badezimmer, wasche mich, ziehe mich an, gehe aus dem Haus, steige in die Straßenbahn, steige wieder aus, gehe in die Bar neben dem Amt, trinke einen Kaffee, steige in den Aufzug, setze mich an meinen Schreibtisch, tippe Briefe, telefoniere, stelle Inserate für die Zeitung zusammen und so weiter.

An Sonn- und Feiertagen schlafe ich noch mehr, es ist wie Winterschlaf. Wenn ich nicht ins Büro muß, bleibe ich den ganzen Tag im Bett und starre durch das offene Fenster auf das Haus gegenüber. Manchmal sehe ich Kinder, die mit einer Katze spielen, manchmal eine Frau im Unterrock, die mit einem Mann im Unterhemd streitet. Aber ich weiß nicht, ob ich die Frau im Unterrock und den Mann im Unterhemd sehe und dabei in der Küche sitze und die Kinder mit der Katze sehe und dabei auf dem Bett liege oder umgekehrt.

Damit ich das Essen nicht vergesse, habe ich in der ganzen Wohnung Schilder aufgehängt: weiße Blätter, auf denen in Rot »Essen!« steht. Aber ich stellte fest, daß ich diese Signale nach zwei, drei Malen nicht mehr sah. Also beschloß ich, die Farbe des Wortes und Größe des Blattes täglich zu wechseln. Aber auch das vergaß ich.

Schließlich fiel mir eine List ein. Ich kaufte Büchsen mit Fleisch und verteilte sie quer über den Fußboden, so daß ich, wenn ich über eine stolperte und mich bückte, um sie aufzuheben, ans Essen erinnert würde.

Ich glaubte, ich wäre inzwischen ganz Herrin meiner selbst, aber neulich ist etwas passiert, das mir jedes Selbstvertrauen genommen hat.

Ich saß an meinem Schreibtisch an einer Kalkulation. Zufällig hob ich einmal den Kopf und sah zum ersten Mal das Gesicht meines Kollegen, der mir gegenübersitzt. Die strahlende melancholische Schönheit des jungen Mannes – ich merkte im selben Augenblick, daß er sehr jung war – verschaffte mir ein Gefühl der Freude, wie ich es seit meiner Kindheit nicht mehr empfunden hatte. Ich sah ihn lange an, bis meine Augen müde und leer wurden, bis ich also wieder in meinen Zustand des Halbschlafs sank. Aber als ich abends zu Hause vor dem Küchenfenster saß, kam mir die Erinnerung an das frische, klare Gesicht des jungen Mannes wieder ins Bewußtsein und hielt mich wach. Ich versuchte, mir noch andere Einzelheiten von ihm ins Gedächtnis zurückzurufen, die Form seiner Schultern, seine Zähne, die Farbe seiner Augen, aber ich konnte mich an nichts mehr erinnern.

Die Suche nach Einzelheiten, die Anstrengungen, mir etwas ins Gedächtnis zu rufen, wühlten mich auf und hielten mich wach. Ich habe die ganze Nacht nicht geschlafen. Ich schaltete alle Lichter an, ich tanzte, um müde zu werden, ich aß zwei Dosen Fleisch und schlürfte drei Eier aus, ich trank Wein; schließlich habe ich mich mit dem plärrenden Radio auf dem Kopfkissen ins Bett gelegt; aber trotz der Lichter, des Essens, der Stimmen und Bewegungen konnte ich nicht schlafen wie sonst.

Also habe ich einen Block Papier genommen und versucht, aus der Erinnerung das Gesicht des jungen Mannes zu zeichnen. Aber jedesmal, wenn ich die Gesichtszüge zeichnete, kam ein anderes Gesicht heraus.

Und so verbrachte ich die Nacht; ich malte ein Blatt nach dem anderen voll. Am Morgen zog ich mich schneller an als sonst und kam zum Amt, als die Tür noch verschlossen war. Ich wartete auf dem Treppenabsatz und vertrieb die Kälte, indem ich auf der Stelle trat.

Kurz vor neun kam ein untersetzter junger Mann mit Glatze in einem unförmigen Regenmantel von merkwürdiger Farbe, irgend etwas zwischen Grün und Violett. Er hat sich an die Tür gelehnt, mich einen Moment lang angesehen und gelächelt. Ich habe seinen Gruß mit einem Kopfnicken erwidert. Und genau als ich seine ruhigen, großen Augen betrachtete, wußte ich, der Junge, den ich gestern gesehen hatte und in den ich mich so vernarrt hatte, war niemand anderer als er. Und wirklich, dieser affenhafte Glatzkopf grinste mich anzüglich an, als sei zwischen uns bereits alles klar.

Ich habe seinen dicken, schmierigen Kopf angestarrt. Ich brauchte nur wenige Sekunden, um wieder in meinen lethargischen Winterschlaf zu versinken. Sein Anblick ist mir gleichgültig geworden; er war ein Ding unter all den anderen Dingen, die mich umgaben.

Nach diesem peinlichen Zwischenfall ist mein Leben wieder seinen vorigen mechanischen und immer gleichen Gang gegangen, nur eine Einsicht kam dazu: Was ich an Schönem sehe, sind meine Träume, und deshalb muß ich mich hüten, je aufzuwachen.

MUTTER UND SOHN

Ich habe diese Wohnung gemietet, weil sie billig ist, und weil sie eine schöne Aussicht auf einen Platz hat. Ich habe sie liebevoll eingerichtet, zum Teil mit Möbeln aus der alten Wohnung meiner Eltern, zum Teil mit neuen. Das Bett, zum Beispiel, habe ich aus einem Kaufhaus, es ist frisch und angenehm, ein modernes Bett im Schwedenstil. In meinem alten, dunklen Bett, eineinhalb Meter hoch, hätte ich nicht länger schlafen können; auch nicht in dem goldverzierten Doppelbett, in dem meine Eltern schliefen und in dem sie fast gleichzeitig gestorben sind. Dann habe ich mir noch Lampen aus buntem Glas gekauft, Korbsessel und einen großen Affen aus Holz mit beweglichen Gliedern, den ich im Schlafzimmer an die Wand gehängt habe und der mir Gesellschaft leistet.

Anfangs habe ich ein bißchen unter der Einsamkeit gelitten. Nach dreißig Jahren Zusammenleben mit meinen Eltern habe ich mich in dieser Wohnung, die mir fremd ist, verloren gefühlt. Aber bald fand ich heraus, daß ich, auch wenn ich allein lebe, am Leben anderer teilhaben kann. Die Wand, die meine Wohnung von der meiner Nachbarn trennte, war so dünn, daß sie fast nicht existierte, und das ließ mich weniger einsam sein.

Adolfo und seine Mutter standen frühmorgens gegen halb sieben auf und gingen sofort in die Küche, und ich konnte sie vom Bett aus, im Dunklen, miteinander reden hören. Das heißt, Adolfo sagte wenig. Meistens hörte man mehr die rauhe Stimme der Mutter. Im Halbschlaf konnte ich nicht genau verstehen, was sie sagte. Ich hörte die Kaffeetassen klappern, den Löffel, der im Kaffeeglas fischte, den Gasanzünder, das Wasser, das aus dem Hahn floß, die Kühlschranktür, die mit einem Schnappen aufging und mit einem dumpfen und gleichzeitig zischenden Ton zuschlug.

Die Stimme der Mutter wurde überlagert von diesen Geräuschen, die mit äußerster Genauigkeit in mein noch halb ausgeschaltetes Bewußtsein drangen. Und allmählich – je wacher ich wurde – wurden die Geräusche leiser, die Stimme von Adolfos Mutter dagegen deutlicher, fast zeremoniell und sehr laut.

Sofort nach dem Frühstück gingen Mutter und Sohn zurück ins Schlafzimmer. Aber da die Tür zur Küche offenblieb, konnte ich weiter ihre Stimmen hören, oder genauer: die Stimme der Mutter, fett und schwer, auf und ab wie der Rhythmus eines rasselnden Atems, nur kurz unterbrochen von brummelnden, einsilbigen Antworten des Sohnes.

»Jetzt zieht deine Mama dir die Unterhose an.«

»Das kitzelt.«

»Ach was, kitzeln. Fuß hoch, sei schön brav. Jetzt zieht Mama dir das Unterhemd an. Arme hoch, sei schön brav. Jetzt zieht deine Mama dir die Hosen an. Und steh gerade. Siehst du nicht, wie du dich überall hängen läßt? Wenn du dir nicht angewöhnst, gerade zu stehen, kriegst du eine krumme Wirbelsäule. Und dann läufst du später mit einem Eisenkorsett herum.«

»Einem Eisenkorsett?«

»Ja, einem Eisenkorsett. Damit kannst du dich noch nicht einmal hinsetzen, denn die Wirbelsäule geht bis zum Po, und du steckst ganz in Eisen. Und wenn du mal groß mußt, bekommst du einen Plastikschlauch in den Hintern geschoben.«

»Was?«

»Ja, einen Plastikschlauch, einen Meter lang. Und du kannst dich auch nicht nach unten beugen, wenn du Pipi mußt. Du pißt dir alles auf die Beine.«

»Ihh!«

»Was heißt ihh! Man merkt, daß du nicht weißt, was Krieg ist. Wenn du erst mal in den Krieg mußt, dann wirst du schon sehen, was es heißt, wenn die Mama nicht in der Nähe ist.«

»Grr.«

»Im Krieg mußt du ganz allein schlafen, auf einem Holzbett, und die Wanzen und die Läuse werden dich zerfressen. Und die Krätze wirst du kriegen. Nichts ist sicherer, als daß man sich im Krieg die Krätze holt.«

»Was?«

»Dein Körper ist dann rot und geschwollen. Überall Blasen. Und wenn du dich kratzt, klebt dir der Eiter unter den Fingernägeln. Ganz voll Schorf wirst du sein. Und dann kriegst du die Ruhr. Nichts ist sicherer, als daß man sich im Krieg die Ruhr holt. Der ganze Po wird dir brennen. Mörderisch brennen. Und Blut wirst du kacken. Und du denkst, es zerreißt dir den Darm. Aber dann bin ich nicht da.«

Um zehn vor neun ging ich zur Arbeit in die Schneiderei. Manchmal traf ich Adolfo im Fahrstuhl. Ich staunte immer, wie groß und schön und robust er war. Immer wenn er eine Hand hob und auf den Knopf drückte, starrte ich sie an wie verzaubert: diese Riesenhand, breit, weiß, mit den vielen hervorquellenden Adern und Sehnen und den plumpen Wurstfingern, die sich nur schwerfällig und in feierlicher Ruhe bewegen.

Wenn ich um eins nach Hause kam, saßen sie schon am Tisch in der Küche. Kaum hatte ich die Türklinke heruntergedrückt, sprangen mich die stolze, ungestüme Stimme von Adolfos Mutter an. Am Klappern der Löffel in den Tellern erkannte ich, wenn sie anstelle von Pasta Suppe aßen, und am andauernden dumpfen Aufprall des Glases auf dem Tischtuch erkannte ich, daß Adolfo wieder einmal wie üblich zu viel trank. Und prompt folgte dem Aufprall der Vorwurf von ihr.

»Du trinkst zu viel, mein Schatz. Du wirst impotent. Wein macht impotent. Und epileptisch. Wein macht epileptisch.«

»Uhmmmmmm.«

»Hast du das immer noch nicht begriffen? Ich habe es dir bestimmt schon hundertmal gesagt. Jetzt hol die sauberen Teller, sie stehen hinter dir auf der Spüle. Und das Fleisch, das steht auf dem Feuer. Wo ist denn das Salz? Wo ist das Salz? Ich hätte schwören können, daß es auf dem Tisch steht. Greif doch mal in die Schublade, Schatz. So, und nun erzähl mir, was heute in der Bank los war. Keine Neuigkeiten? Iß doch langsam. Du verschluckst dich ja sonst. Wenn man Fleisch nicht ordentlich kaut, liegt es einem im Magen. Jeder Happen muß dreißigmal gekaut werden. Sonst hast du bald ein Magengeschwür, und dann spuckst du Blut, und am Ende stirbst du unter den gräßlichsten Schmerzen.«

Ich lebte mittlerweile völlig von ihrem Leben. Sobald ich mit der Arbeit fertig war, lief ich nach Hause, schloß mich ein und nahm vom Bett aus mit geschlossenen Augen Anteil an ihrer Intimsphäre.

Ich war sehr aufmerksam. Dank ausführlicher Beobachtung erriet ich bald jede ihrer Bewegungen auf der anderen Seite der Wand. Ich erkannte den eiligen, schweren Schritt der Mutter, den langsamen, schüchternen des Sohnes. Ich wußte genau, wann sie ihn auszog und wie sie das tat: angefangen bei der Jacke, über Hemd und Unterhemd, bis zu Hose und Socken. Ich wußte genau, wann sie sich hinkniete, um die Schuhe aufzubinden, und wann sie schnaufend und schimpfend wieder hochkam.

Samstags abends war ich mit geschlossenen Augen und gespitzten Ohren dabei, wenn sie das Bad vorbereiteten. Die Frau lief in Pantoffeln durch die Wohnung und suchte die Seife, die sie nie fand, weil sie sie mal in der Küche, mal im Badezimmer, mal für die Wäsche benutzte.

Währenddessen hörte ich, wie das heiße Wasser in die Badewanne rauschte. Dann ging sie in die Küche, schnitt ein paar Zitronen auf, drückte sie aus und schüttete den Saft in das Badewasser. Schließlich, wenn die Wanne fast voll war, drehte sie den Hahn zu und rief nach dem Sohn.

»Das Bad, Schatz.«

»Nicht so heiß, du weißt doch, daß ich das nicht haben kann.«

»Nein, nein, es ist gerade lauwarm. Komm her. So, Mama zieht dir jetzt das Hemd aus. Mama zieht dir die Hosen aus. Mama zieht dir die Socken aus. Und jetzt zieht Mama dir noch die Unterhosen aus. Was bist du schön! Wirklich gut gebaut bist du. Nicht wie dein Vater, der war nur Haut und Knochen. Du bist rund. Du strotzt vor Gesundheit. Und zwischen den Beinen hast du eine Blume.«

»Das ist zu heiß. Da gehe ich nicht rein.«

»Immer trotzig. Seit dreißig Jahren bist du nichts als ein Trotzkopf. Bitte, ich lasse kaltes Wasser nachlaufen. Probier mal mit dem Guß. Lauwarm. Setz dich rein. Jetzt beug dich nach vorn, damit ich dir den Rücken abseifen kann. Was du für einen schönen Rücken hast! Was machst du denn? Sitz still, sonst kriegst du Seife in den Mund.«

»Du tust mir weh.«

»Still, Liebling. Laß dich schön waschen. Jetzt dreh dich um, damit ich dich vorne und unten waschen kann.«

»Das kitzelt, Mama.«

»Und was haben wir hier unten am Bauch, ein Vögelchen? Ein Würmchen? Ein Schlängelchen? Deine Mama hat dich wirklich gut hingekriegt: wie ein Jesuskind.«

»Ich friere.«

»Und ob. Bei dem ganzen kalten Wasser. Jetzt setz dich wieder hin. Spül dich gut ab, ich komme dann und trockne dich ab.«

Während Adolfo sich abspülte, ging die Mutter in die Küche, um das Abendessen vorzubereiten, und dort sang sie vor lauter Freude, daß der Sohn mit dem Waschen beschäftigt war, mit getragener, ernster Stimme ein Klagelied.

Vor ein paar Tagen jedoch bin ich nicht wie sonst von der rauhen Stimme und dem Geschirrgeklapper von nebenan geweckt worden, sondern habe die Augen aufgeschlagen, und es war vollkommen still. Aus der Wohnung der Nachbarn drang kein Laut. Ich dachte, vielleicht sind sie weggefahren. Aber als ich mich an die Gespräche vom Vorabend erinnerte, fiel mir nichts ein, was auf eine Reise hingedeutet hätte. Also nahm ich an, daß Adolfo krank ist oder die Mutter. Aber trotzdem hätte ich doch Schritte von einem der beiden in der Wohnung hören müssen oder ein Jammern oder ein Rufen. Es war aber vollkommen und absolut still.

Ich stand langsam auf, von Unruhe gepackt. Ich horchte an der Wand. Aber das Schweigen dauerte an, nur unterbrochen vom Tropfen des Wasserhahns an der Spüle.

Ich zog mich hastig an, schlüpfte in den Mantel, in die Schuhe. Aber ich konnte mich nicht entschließen, die Wohnung zu verlassen. Ich habe mich aufs Bett gesetzt und regungslos auf die Wand gestarrt, als könnte ich sie mit meinem Blick durchdringen und das Geheimnis der Nachbarn enthüllen.

Gegen zehn bin ich endlich in die Schneiderei gegangen. Aber ich habe schlecht gearbeitet: Ich war nervös und unruhig. Um Viertel vor eins war ich wieder zu Hause. Als die Tür vom Fahrstuhl aufging, sah ich die Tür der Nachbarin offenstehen, und im Flur waren Leute in Schwarz. Ich bin hingegangen. Durch die offene Schlafzimmertür sah ich den dicken Körper von Adolfos Mutter auf einem violetten Tuch, mit einem Rosenkranz zwischen den Fingern und einem Strauß Gladiolen auf der Brust.

Von diesem Morgen an war das Leben sehr langweilig. Wenn ich mit der Arbeit fertig war, wußte ich nicht, was ich tun sollte. Ich legte mich aufs Bett wie früher, aber ich verspürte nicht mehr dieses ausgeglichene, zufriedene Gefühl. Oft war meine einzige Gesellschaft Adolfos langes, schwaches Schluchzen, das sich die ganze Nacht lang hinzog, ohne Pause.

Und deshalb habe ich gestern einen großen Entschluß gefaßt. Ich habe einen Maurer angerufen und ihn beauftragt, die Mauer zwischen meiner und Adolfos Wohnung einzureißen. Ich habe ihn bestellt, während Adolfo im Büro war, damit, wenn er wiederkommt, alles fertig ist.

So war es dann auch. Der Maurer trug Stück für Stück die Wand ab, und ich sammelte die Steine zusammen und fegte das Zimmer aus, damit nach getaner Arbeit kein Schutt mehr herumliegt.

Adolfo wirkte nicht sehr überrascht. Man könnte fast sagen, er hatte es erwartet. Er hat mich nur einen Augenblick lang wortlos angeschaut und dann angefangen, im Kühlschrank herumzustöbern.

Ich habe auch nichts gesagt. Ich bin zur Anrichte gegangen, wo der Stapel mit den Tellern steht, und habe den Tisch gedeckt. Ich habe den Herd angemacht mit dem elektrischen Gasanzünder, ich habe Wasser in den Topf laufen lassen, ich habe das Gas kleiner gestellt.

Dann habe ich, während das Wasser heiß wurde, Adolfo beim Ausziehen geholfen. Ich habe ihm die Jacke ausgezogen, Hemd und Hose aufgemacht, ich habe mich gebückt, um ihm die Schuhe aufzubinden, und dann bin ich zurück in die Küche gerannt, weil das Wasser kochte.

DIE ANDERE FAMILIE

Pietro und Paolo wecken mich morgens, indem sie mir auf die Brust springen. Ich mache die Augen auf, ich habe das Gefühl, ich ersticke. Pietro sitzt breitbeinig auf meinem Bauch und hüpft hoch und runter, als ob er auf einem Esel reitet. Paolo kniet auf meinen Beinen und lacht.
»Mama, es ist Zeit zum Aufstehen.«
»Wie spät ist es?«
»Sechs.«
»Kann ich noch ein bißchen schlafen?«
»Nein, du mußt uns anziehen helfen, und dann mußt du das Frühstück machen. Steh auf.«
»Aber wie spät ist es denn?«
»Sieben.«
»So ein Lügner. Du sagst mir die falsche Zeit, bloß damit ich aufstehe, alter Lügner! Laßt mich noch ein bißchen schlafen.«
»Mama will schlafen, Pietro, komm da runter.«
Ich drehe mich auf die andere Seite und versuche wieder einzuschlafen. Aber die Stille meiner Söhne ist mir verdächtig. Und tatsächlich, ich drehe den Kopf und sehe, daß sie gerade dabei sind, mitten im Zimmer mit Papier und Streichhölzern Feuer zu machen.
Ich springe aus dem Bett, gebe ihnen eine Ohrfeige und lege mich wieder hin. Aber jetzt kann ich nicht mehr einschlafen. Ich bleibe noch ein paar Minuten liegen, die Arme hinter dem Kopf verschränkt, die Augen halb offen, und versuche, mich an das Licht zu gewöhnen, das durch das offene Fenster dringt, dann stehe ich auf und beginne den Tag.

Ich gehe in die Küche und mache Frühstück für die Kinder und Giorgio. Um acht sitzen wir alle um den Tisch. Pietro versucht, seinen größeren Bruder dazu zu bringen, mit ihm zu spielen. Er nimmt den Mund voll Milch und spritzt sie in seine Richtung.

»Sag deinem Sohn, er soll damit aufhören.«

»Hör auf, Pietro.«

»Paolo macht es auch.«

»Hört alle beide damit auf.«

»Sag deinem Sohn, er soll damit aufhören.«

»Ich habe es ihm gesagt.«

»Gib ihm eine Ohrfeige.«

Pietro entwischt, bevor ich ihn packen kann. Ich renne hinter ihm her, und als ich ihn habe, spuckt er mir einen Mund voll heißer Milch ins Gesicht.

»Schlag ihn.«

»Warum schlägst du ihn nicht?«

»Ich bin gegen Gewalt, das weißt du. Aber dein Sohn ist ein Schwachkopf.«

»Er ist auch dein Sohn.«

»Er ist auch mein Sohn, aber er kommt nach dir. Paolo ist mir ähnlicher. Wirklich, wenn Pietro nicht wäre, wäre Paolo ganz anders, viel besser.«

»Es ist schon spät, ihr müßt gehen. Wo sind eure Tornister?«

»Meiner ist kaputt.«

»Was heißt kaputt! Wo hast du ihn hingetan?«

»Weggeschmissen. Er war ganz kaputt.«

»Wie hast du das denn geschafft, einen Tornister aus Holz kaputtzumachen?«

»Pietro hat damit Ball gespielt.«

»Sag deinem Sohn, daß er nicht nur ein Schwachkopf, sondern obendrein ein Verbrecher ist«, schreit mein Mann.

»Es war Paolo, ich schwör's«

»Nein, das warst du.«

»Und sag ihm, daß er nicht nur ein Verbrecher, sondern auch noch ein Lügner ist. Aber gib ihm eine Ohrfeige, ja.«

»Ich habe ihm schon eine gegeben.«

»Dann gib ihm noch eine.«

»Ich kann nicht den ganzen Tag damit zubringen, Pietro Ohrfeigen zu geben.«

»Ich bin gegen Gewalt, aber dieser Idiot braucht das.«

Ich renne durch die Wohnung hinter Pietro her, Paolo und der Vater gucken zu, mit den Milchbechern in der Hand, die Haare ordentlich gekämmt, die Augen ernst und verträumt.

Am Ende bugsiere ich die beiden Jungen in den Aufzug. Ich schließe die Tür und gehe zurück in die Wohnung.

Giorgio macht sich auch gerade zum Gehen fertig.

»Wann fährst du nach Mailand?« fragt er mich.

»Morgen.«

»Mir geht das auf die Nerven, daß du hier ein bißchen und da ein bißchen arbeitest.«

»Warum.«

»Weil ich mich nicht daran gewöhnen kann. Manchmal denke ich: ah ja – heute sind wir allein, Elda ist weg. Statt dessen komme ich nach Hause und sehe dich mit den Kindern spielen. Ein andermal denke ich: ah ja – jetzt gehe ich nach Hause und erzähle Elda den Witz, den mir Strapparelli in der Schule ins Ohr geflüstert hat. Aber wenn ich die Tür aufschließe, stinkt es verbrannt, und sofort fällt mir ein, du bist weg, und gleichzeitig wird mir klar, Pietro setzt gerade mal wieder etwas in Brand.«

»Meine Arbeit ist eben so. Was soll ich machen, sie zwingt mich, zwischen Mailand und Rom zu pendeln.«

»Du könntest dir eine andere suchen.«

»Kaum. Mit der Arbeit verdiene ich gut. Und dein Geld reicht ja nicht.«

»Aber du könntest wenigstens die Tage genau festlegen, damit ich nicht immer durcheinanderkomme.«

»Kann ich nicht. Das hängt von der Arbeit ab, nicht von mir.«

»Manchmal denke ich, du hast jemanden in Mailand, der auf dich wartet.«

»Und wen soll ich da haben?«

»Einen anderen Mann.«

»So was Dummes!«

Giorgio lächelt befriedigt. Er beugt sich zu mir, um mir einen Kuß auf die Wange zu geben, rückt sich mit zwei Fingern die Krawatte zurecht und geht aus dem Haus.

Ich gebe der Haushälterin einige Anweisungen für das Mittagessen, dann ziehe ich mich in mein Arbeitszimmer zurück und arbeite. Ich bereite meine Plädoyers vor, sehe mir die neuen Fälle an und schreibe. Mein Kopf ist völlig leer. Ich arbeite mechanisch, fast ohne es zu merken.

Um eins wird die Tür gewaltsam aufgerissen. Pietro kommt reingerannt, umarmt und küßt mich und verschmiert mir mit seinen eisverklebten Lippen das Gesicht.

»Wie war's in der Schule?«

»Gut. Ich war gar nicht da.«

»Wie – du warst nicht da. Und Paolo?«

»Paolo auch nicht. Wir sind Fußball spielen gegangen.«

»Was soll ich denn jetzt mit dir machen, sag mal?«

»Ich bin eben ein Schwachkopf, ich weiß. Wo ist denn Papa? Sag's ihm nicht, bitte.«

»Ich sag's ihm nicht, aber eine Ohrfeige kriegst du trotzdem.«

»Wann fährst du nach Mailand, Mama?«

»Morgen.«

»Nimmst du mich mit?«

»Nein.«

»Warum nicht?«

»Weil ich zu tun habe, das weißt du doch.«

»Aber ich würde ganz artig im Hotel auf dich warten.«

»Ich habe nein gesagt, und damit basta.«

Bei Tisch schlingen Pietro und Paolo das Essen gierig runter, aber sie sind wenigstens still. Dann springen sie auf und spielen auf der Terrasse. Giorgio liest Zeitung. Danach legen wir uns beide aufs Bett und ruhen uns aus.

Um vier muß Giorgio wieder los. Pietro und Paolo gehen mit ihren Freunden in den Park. Gegen halb acht kommen sie zurück, um die Hausaufgaben zu machen, aber es ist zu spät, und außerdem sind sie müde. Sie sitzen kaum zehn Minuten am Schreibtisch, da sind sie schon über den Büchern eingeschlafen. Ich verbringe den Abend damit, die Hausaufgaben für sie zu erledigen.

»Pietro verdirbt Paolo. Die werden beide Taugenichtse, Verbrecher. Und das ist deine Schuld.«

»Warum meine?«

»Weil du sie nicht zur Pflicht erziehst.«

»Und du?«

»Ich habe schon genug damit zu tun, daß ich vierzig Kinder in der Schule erziehen muß. Wenn ich nach Hause komme, bin ich müde. Weißt du, was ich dir sage, es war nicht gut, daß wir Kinder bekommen haben; wir sind nicht die richtigen Leute für eine große Familie.«

»Vielleicht hast du recht. Wir zwei hätten alleine bleiben sollen, Schluß, aus. Aber dann hätten wir uns vielleicht schon längst getrennt.«

»Warum?«

»Weil das Leben zu zweit sehr langweilig ist. Ab einem bestimmten Punkt hat man sich doch nichts mehr zu sagen.«

»Du sagst immer so unangenehme Sachen. Warum gehen wir nicht mal ins Kino heute abend?«

»Das schaffe ich nicht. Ich bin todmüde. Geh du.«

»Nein, nicht ohne dich.«

»Also gehen wir ins Bett.«

Am nächsten Morgen werde ich zur gewohnten Zeit von Pietro geweckt. Er setzt sich rittlings auf meine Brust und wippt auf mir hoch und runter, als wäre ich ein Esel.

»Wie spät ist es?«
»Halb sechs.«
»Hol mir den Koffer vom Schrank, Pietrino.«
»Das kann Paolo machen. Ich bin gerade beschäftigt.«
»Geh runter, du tust mir weh.«
»Nein. Ein Pferd kann nicht zum Reiter sagen, geh runter. Mach die Augen zu und Galopp, Galopp. Ich will nach Mailand reiten.«
»Geh jetzt runter, sonst werfe ich dich ab.«
Ich packe den Koffer, die Mappe mit den Prozeßakten, Handtasche, Mantel und gehe aus dem Haus. Pietro bringt mich nach unten bis ans Taxi. Paolo bleibt oben beim Vater, und beide sehen aus dem Fenster und winken.

Im Flugzeug schlafe ich. Es ist der einzige Augenblick, in dem ich mich ganz und gar wohl fühle. Der Lärm betäubt mich, und die sachte Bewegung der Maschine wiegt mich in den Schlaf. Ich wache kurz vor der Landung wieder auf. Ich öffne die Augen, wenn das Flugzeug aus dem sauberen, strahlenden Blau der viertausend Meter Höhe hinuntersinkt in die Schicht aus undurchsichtigen Nebeln und verstreuten milchigweißen, glänzenden Wolken, die über der Lombardei liegt.

Am Flughafen kennen sie mich inzwischen. Sofort nach der Ankunft gehe ich in die Bar, stelle den Koffer auf den Boden, trinke einen Kaffee, kaufe eine Telefonmünze und rufe zu Hause an.
»Bist du es, Carlo?«
»Wann bist du angekommen?«
»Eben gerade.«
»Gute Reise gehabt?«
»Gut, ja, ich habe geschlafen.«
»Ich hole dich ab.«
»Brauchst du nicht, ich nehme ein Taxi.«

Wenn ich die Wohnungstür aufmache, stehen Kaspar und Melchior vor mir und erwarten mich. Sie sind ordentlich angezogen, ordentlich gekämmt, ehrerbietig und hilfsbereit.

»Wie geht es euch?«

»Kaspar hat gute Zensuren gekriegt.«

»Melchior hat auch gute Zensuren gekriegt.«

»Und Papa?«

»Dem geht es gut. Er ist gerade in die Messe gegangen.«

»Was für eine fromme und geordnete Familie ich habe.«

»Willst du etwas essen, Mama?«

»Nein. Ich muß schnell ins Büro. Wir sehen uns zum Mittagessen.«

Die Arbeit, die sich in meinem Arbeitszimmer in Mailand angehäuft hat, ist immer mehr, als ich erwarte, und meistens komme ich erst spät nach Hause. Wenn ich eintrete, ist der Tisch gedeckt, und meine zwei Söhne und mein Mann sitzen da und warten auf mich.

»Ihr sollt doch nicht auf mich warten. Ihr könnt doch schon anfangen.«

»Wir wollen mit dir essen.«

»Hast du viel zu tun gehabt?«

»Ja, sehr. Ich fühle mich todmüde.«

»Das Flugzeug macht müde.«

»Auch die Luftveränderung macht müde.«

»Auch morgens früh aufstehen macht müde.«

»Ja, auch morgens früh aufstehen macht müde.«

»Wie war's in Rom?«

»Gut.«

»Rom ist eine sehr langweilige Stadt.«

»Ja, Rom ist eine sehr langweilige Stadt.«

»Es gibt so viele überflüssige Ampeln.«

»Stimmt, es gibt viele überflüssige Ampeln.«

»Und dann haben die Leute auch keine Lust zu arbeiten.«

»Die Leute haben keine Lust zu arbeiten.«

»Wir Mailänder schmeißen nämlich die Halbinsel.«
»Welche Halbinsel?«
»Na, Italien.«
»Ach so, Italien.«
»Kaspar, Melchior, geht und macht eure Hausaufgaben.«
»Ja, Papa. Bis später, Mama.«
»Das werden zwei Heuchler.«
»Wer?«
»Deine Söhne.«
»Es sind auch deine.«
»Es sind auch meine, aber sie kommen nach dir. Schweigsam und scheinheilig. Tun immer so artig. Aber klammheimlich machen sie jeden Unsinn. Sie haben jetzt schon raus, wie man die Rolle perfekt spielt. Sie pfeifen auf mich.«
»Was ist denn so schlimm an ihnen?«
»Sie sind falsch, sage ich dir, falsch und verlogen.«
»Sag mal, bist du mit deinem Buch fertig?«
»Nein, Schatz. Aber ich bin schon ziemlich weit. Mir fehlen nur noch acht Kapitel.«
»Was ist das für eine Geschichte? Du hast sie nie erzählt.«
»Es ist die Geschichte von einem Mann, der zwei Leben lebt.«
»Interessant. Aber warum schreibst du sie nicht schnell zu Ende? Du schiebst dieses Buch schon Jahre vor dir her.«
»Weil ich darüber nachdenken muß. Im übrigen, je mehr ich darüber nachdenke, desto komplizierter werden die Dinge. Glaubst du, ein Mann kann gleichzeitig, ich meine nicht zwei Frauen, aber zwei Familien haben?«
»Ich glaube, ja.«
»Hältst du das für moralisch richtig?«
»Nein.«
»Eben, das ist das Problem, das mich interessiert; wie bringt man die Moral in Einklang mit dem, was viel vitaler und tiefer in uns ist, dem Sexuellen, dem Bedürfnis nach Unabhängigkeit, dem Geschmack am Anormalen?«

»Wirst du dieses Jahr noch fertig?«

»Ja, sicher. Auch wenn ich wenig daran tue, ich arbeite jedenfalls.«

»Und wer soll es veröffentlichen?«

»Ich weiß nicht. Ich werde schon einen Verleger finden, denke ich. Aber es wird schwer, sehr schwer.«

Nachmittags gehe ich mit meinen zwei Söhnen ins Kino, während mein Mann zu Hause bleibt und arbeitet. Als wir zurückkommen, sitzt er im Flur und spielt mit der Katze. Wir fragen ihn, ob er gearbeitet hat. Er sagt ja. Kaspar und Melchior lächeln ungläubig.

Um halb neun setzen wir uns zu Tisch. Ich fühle mich so müde, daß ich keinen Hunger mehr habe. Die Kinder erzählen mir langweilige Geschichten. Dann setzen wir uns alle vor den Fernseher und stehen erst um elf wieder auf. Ich kriege nichts mit vom Programm, weil ich mit offenen Augen schlafe, die Lider brennen, die Pupillen sind starr und blind. Kaspar und Melchior wecken mich ab und zu mit ihrem schrillen Gelächter.

»Wann fährst du nach Rom, Mama?«

»Donnerstag.«

»Dann bleibst du diesmal vier Tage bei uns?«

»Ja, vier Tage.«

»Wann nimmst du mich mit nach Rom, Mama?«

»Nie.«

»Ich möchte mal nach Rom und gucken, ob es wirklich so häßlich und dreckig ist, wie Papa sagt.«

Um elf gehen die beiden Jungen ins Bett, und wir bleiben allein in dem düsteren, nur vom bläulichen Bildschirm beleuchteten Zimmer, Carlo und ich.

»Hör mal, sag mir, ob dir dieser Anfang gefällt.«

»Von was redest du?«

»Von meinem Roman, Schatz.«

»Ach so, ja. Wie fängt er an?«

»Das ist der Anfang vom zehnten Kapitel: An einem

windigen, lauen Sommerabend, als die Blätter der Steineiche zart erbebten und die Luft mit einem grünen Schauer erfüllten ... Gefällt dir das?«

»Ist der Satz nicht ein bißchen zu lang?«

»Überhaupt nicht. Hör mal weiter: An einem windigen, lauen Sommerabend, als die Blätter der Steineiche, die ich durch mein Fenster im hinteren Zimmer erahne, zart erbebten und die Luft mit einem brennenden Schauer erfüllten ... Findest du brennender oder grüner Schauer besser?«

»Ich weiß nicht.«

»An einem windigen, lauen Sommerabend ... hör mal, wie schön das klingt; wie eine Welle, die langsam und mächtig vorwärtsrollt, und du hörst sie ankommen, und du wartest, daß sie sich bricht, du wartest und hältst den Atem an, nicht?«

»Wie geht es dann weiter?«

»An einem windigen und lauen Abend ... vielleicht werde ich anstelle von lauem heißem nehmen, was meinst du? Das gibt mehr so ein Gefühl von Schwüle. Denn schwül muß es sein. Inzwischen rollt die Welle weiter. Du hörst sie herankommen. Da ist sie ... als die Blätter der Steineiche zart erbebten und die Luft um mich herum erfüllten ... genau, ich will um mich herum dazufügen, das klingt besser, meinst du nicht? Also, um mich herum mit einem Schauer, wie habe ich dann gesagt?«

»Laß uns ins Bett gehen.«

»Geh du nur, ich arbeite weiter.«

»Was mußt du denn machen?«

»Ich muß den richtigen Ausdruck finden. Es ist ganz wichtig, den richtigen Ausdruck zu finden.«

»Ich glaube, du wirst dieses Buch nie veröffentlichen.«

»Warum nicht?«

»Weil du keine Lust hast, es zu schreiben. Wie bist du denn auf die Idee mit den zwei Leben gekommen?«

»Als ich ein Junge war, habe ich einmal zwei Frauen

gleichzeitig geliebt. Aber es ging mir so schlecht. Ich fühlte mich schuldig.«

»Und wie ging es aus?«

»Schlecht. Man kann sich auf die Dauer nicht aufteilen. Man wird krank dabei.«

Am nächsten Tag nehme ich mein gewohntes Mailänder Leben wieder auf. Kaspar und Melchior gehen in die Schule, ich gehe ins Büro, Carlo setzt sich ins Arbeitszimmer und schreibt an seinem Roman. Um eins essen wir zusammen zu Mittag. Am Nachmittag gehe ich wieder arbeiten, Carlo spielt mit der Katze, und die beiden Jungen machen ihre Hausaufgaben. Gegen sechs gehen wir manchmal ins Kino, oder wir hocken den ganzen Abend vor dem Fernseher.

Ein paar Tage später packe ich die Koffer, stopfe die Mappe voll mit Akten, die ich noch lesen muß, mit Briefen und mit Rechnungen und fliege zurück nach Rom. Carlo bringt mich zum Flughafen.

»Ciao. Und sieh zu, daß du deinen Roman fertigkriegst.«

»Ich arbeite viel daran, das weißt du doch. Bis zum Jahresende habe ich ihn, glaube ich, fertig. Dann kann ich das Geld für dich verdienen. Du wirst leben wie eine große Dame.«

Wenn ich in Rom ankomme, kaufe ich sofort eine Telefonmünze, gehe zum nächsten Telefon und rufe zu Hause an.

»Bist du es, Mama?«

»Ich bin gerade angekommen.«

»Weißt du, daß Pietro in Papas Arbeitszimmer Feuer gemacht hat?«

»Und was hat der mit ihm gemacht?«

»Nichts. Er wartet, daß du zurückkommst und ihn bestrafst. Er hat gesagt, er will, daß du ihn mit dem Gürtel von deinem Kleid auspeitschst.«

DAS ROTE HEFT

Mein Ehemann führt ein Tagebuch. Ich habe es vor ein paar Tagen entdeckt, als ich den Schrank in unserem Schlafzimmer aufgeräumt habe. In einer Ecke, unter dem geblümten Schrankpapier, fand ich ein kleines Heft mit einem roten Plastikumschlag. Ich habe das Heft in die Hand genommen, ich habe es aufgeschlagen und gelesen: »13. Januar. Heute nichts. Elena ist immer nebenan, in ihrem Zimmer. Ich kann das Rascheln hören, wenn sie die Illustrierte umblättert. Ich kann nicht gut arbeiten. Wann wird sie sich entscheiden? Mir ist fast schlecht vor Warten.«

Ich habe das Heft hastig zugemacht und es wieder zurück an seinen Platz gelegt. Ich habe mich aufs Bett gesetzt und gegrübelt. Ich verstand die Worte meines Mannes nicht. Was will er von mir? fragte ich mich. Was erwartet er so sehnsüchtig von mir?

Als Lattanzio an diesem Abend zurückkam, habe ich ihn mit anderen Augen gesehen. Mir ist aufgefallen, daß er sich sehr verändert hat. Er sah aus wie ein alter Mann, und die Augen hinter den Brillengläsern waren erbärmlich winzig geworden.

Wir haben zu Abend gegessen, wie immer, in dem großen düsteren Eßzimmer; die alte Amalia hat aufgetragen. Jedesmal wenn das Telefon klingelte, sah ich, wie Lattanzio den Kopf hob und die Ohren spitzte. Er hörte auf zu essen und wartete, daß Amalia abnahm und dann zu mir kam und mir den Namen der Person, die anrief, ins Ohr flüsterte.

»Wer ist es?«
»Meine Mutter.«

»Gehst du nicht hin?«

»Nein, ich habe Amalia bestellen lassen, sie soll später wieder anrufen.«

»Sonst hat heute niemand angerufen?«

»Nein.«

Ich habe überlegt, ihn auf das Heft anzusprechen. Aber als ich sein albloses graues Gesicht betrachtete, das sich gerade zu einem duckmäuserischen Lächeln verzog, ließ ich davon ab. Ich wußte, wenn ich ihn darauf angesprochen hätte, er hätte alles abgestritten.

»Weißt du, wieviel Jahre wir verheiratet sind?«

»Zehn. Warum?«

»Glaubst du, wir sind glücklich?«

»Wenn du es nicht weißt.«

»Vielleicht haben wir uns gegenseitig ein bißchen satt.«

»Red keinen Unsinn. Wir leben doch gut zusammen. Und alles läuft gut.«

»Vielleicht hast du recht.«

Wir haben nicht weiter über unsere Ehe gesprochen. Aber jetzt, wo ich an einem Geheimnis von ihm teilhatte, konnte ich ihn nicht mehr mit der gewohnten unbeschwerten Natürlichkeit betrachten.

Ich wartete nur darauf, daß er aus dem Haus ging, um sein Tagebuch zu lesen. Aber Lattanzio arbeitet zu Hause und geht nur selten aus. Und selbst wenn er in seinem Arbeitszimmer sitzt – ich weiß, er paßt genau auf, was im Haus vor sich geht. Ich weiß, er spitzt die Ohren, wenn das Telefon läutet, und er verfolgt das Geräusch meiner Schritte, wenn ich durch die Räume gehe. In jedem Augenblick weiß er, wo ich bin und was ich tue.

Während er an seiner Mathematik arbeitet, zwischen Rechenbüchern und zahllosen Blättern, die sich auf dem Schreibtisch stapeln, sitze ich im Wohnzimmer auf der Couch, die Beine über der Lehne, und rauche und blättere Zeitschriften durch.

Manchmal gehe ich aus dem Haus. Ich besuche Aldo oder meine Mutter im Krankenhaus, oder ich mache einen Einkaufsbummel. Bevor ich weggehe, schaue ich kurz bei Lattanzio rein und sage auf Wiedersehen.

»Ich gehe weg.«

»Wo gehst du hin?«

»Meine Mutter besuchen.«

Er sieht mich einen Moment lang an, von unten nach oben, wobei die Brille auf der glatten Nase abwärts rutscht, und lacht in dieser Art, die gleichzeitig leidend und lüstern ist.

»Na, dann – ciao.«

»Halt mal. Um wieviel Uhr kommst du zurück?«

»Ich weiß nicht. Gegen sieben.«

»So elegant kleidest du dich für einen Besuch bei deiner Mutter?«

»Wieso elegant? Dieses Kleid habe ich immer an.«

»Jedenfalls bist du elegant. Parfüm hast du auch genommen.«

»Das tue ich immer. Was paßt dir daran nicht?«

»Nichts. Du gefällst mir, wenn du dich so hübsch machst.«

»Kann ich jetzt gehen?«

»Natürlich. Na dann, bis bald.«

Also mache ich die Tür zu und gehe. Ich laufe bis zum Taxistand, rufe dem Fahrer den Namen des Krankenhauses zu, mache es mir auf dem Rücksitz bequem und starre auf den Nacken des Fahrers.

Im Krankenhaus kennen sie mich inzwischen und fragen mich nicht einmal mehr, in welches Stockwerk ich will. Meine Mutter sitzt auf dem Balkon vor ihrem Zimmer, eingewickelt in den geblümten Morgenrock. Ich setze mich neben sie und höre ihr zu. Ich weiß, wenn sie eine Stunde geplaudert hat, geht es ihr besser. Ich lasse sie jammern und mir Vorwürfe machen mit ihrer aufgeregten, eintönigen Stimme. Ich rauche unterdessen und beobachte die Kranken, die im

Park spazierengehen, die vom Wind zerzausten Zypressen und die kleinen Kletterrosen auf der Mauer des Hauses gegenüber, die jeden Tag dichter und größer werden.

Ab und zu, wenn ich Lust habe, besuche ich Aldo statt meine Mutter. Ich gehe zu ihm in die Werkstatt. Ich weiß, er hat es nicht gern, daß mich sein Chef sieht; der ist auch sein Schwiegervater. Aber ich gehe trotzdem. Ich sehe gern, wie er arbeitet, ölverschmiert und im Blaumann, die blonde Strähne über der klebrigen schwarzen Stirn.

Ich warte, daß er sich wäscht und umzieht und in seinen Fiat 500 steigt, und fahre mit ihm in seine Wohnung.

»Du weißt doch, daß du nicht in die Werkstatt kommen sollst.«

»Ich weiß.«

»Mein Schwiegervater kann dich nicht riechen.«

»Aber ihr seid doch getrennt, du und deine Frau. Was geht es ihn an, was du machst?«

»Es geht ihn sehr viel an, er hat sich nämlich in den Kopf gesetzt, uns wieder zusammenzubringen. Und du gehst ihm dabei auf die Eier.«

»Und wo ist deine Frau?«

»Keine Ahnung. Abgehauen. Nicht mal er weiß es, obwohl er doch ihr Vater ist.«

»Wie will er euch denn wieder zusammenbringen?«

»Das ist seine fixe Idee. Was soll's. Er ist fest davon überzeugt, daß sie bald wiederkommt und wir wieder zusammenleben.«

»Würdest du das denn machen?«

»Vielleicht, wer weiß.«

»Hast du sie denn gern, deine Frau?«

»Manchmal ja. Manchmal hasse ich sie.«

»Das nächste Mal warte ich an der Ecke auf dich. Gib mir einen Kuß.«

»Ich bin noch dreckig. Ich gehe jetzt erst mal in die Badewanne. Wäschst du mir den Rücken? Meine Frau wollte mir nie den Rücken waschen.«

Wenn ich nach Hause komme, wartet Lattanzio schon auf mich. Er hockt über seinen Büchern mit glänzenden Augen und schweißnasser Stirn.
»Wie war's?«
»Wie immer.«
»Geht es besser?«
»Was?«
»Deiner Mutter.«
»Nein. Ich glaube, sie wird nie mehr richtig gesund. Aber heute war sie munter.«
»Du bist blaß im Gesicht. Bist du müde?«
»Nein.«
»Du hast Ringe unter den Augen. Jedesmal, wenn du bei deiner Mutter warst, kommst du erschüttert zurück.«
»Ach was. Das ist das Licht in diesem Arbeitszimmer. Hier riecht es auch muffig. Kann ich mal die Fenster aufmachen?«
»Nein, laß uns jetzt essen.«
Also setzen wir uns zu Tisch. Während Amalia aufträgt, beobachte ich das Gesicht meines Mannes, der mir gegenüber sitzt. Es ist glanzlos und erloschen wie immer, und sogar bei den kurzen fröhlichen Grimassen bleibt es Momente lang zusammengekniffen.

Vor zwei Tagen ist Lattanzio nachmittags endlich weggegangen. Ich bin ins Schlafzimmer gerannt, habe das rote Plastikheftchen hervorgeholt und es aufgeschlagen. Ich las: »22., Donnerstag. Elena hat aufgegeben. Nach langem Widerstand ist sie schließlich gestern abend doch zu ihm gegangen. Herrlicher Nachmittag. Fühle mich wirklich gut.« Ich legte das Heft zurück. Ich machte die Balkontüren auf und hielt mich mit beiden Händen am Geländer fest. Also das hat mein Mann von mir gewollt. Er hat gewollt, daß ich ihn betrüge.

Plötzlich fiel mir ein, daß er mich zum ersten Mal in die Werkstatt gebracht hatte, wo Aldo arbeitet, daß er mich darauf aufmerksam gemacht hatte, wie Aldo da über den Motor gebeugt stand, so jung und blond und drahtig.

Und ich, die ich glaubte, durch Ehebruch meine Unabhängigkeit zu demonstrieren, ich mußte feststellen, daß ich abhängiger denn je war, denn indem ich ihn betrog, erfüllte ich nur seinen Willen.

Als er abends nach Hause kam, habe ich ihn entschlossen zur Rede gestellt.

»Ich habe heute dein Heft gelesen.«
»Welches Heft, Schatz?«
»Das weißt du genau. Das, in dem du von mir und von ...«
»Du phantasierst. Es gibt kein Heft. Ich weiß gar nicht, wovon du redest, Schatz.«

Ich bin ins Schlafzimmer gerannt, habe die Schranktür aufgerissen und hineingeschaut. Das Heft war nicht da. Obwohl, seit ich es zuletzt in der Hand gehabt hatte, niemand im Schlafzimmer gewesen war. Ich sah ihn verdutzt an.

»Siehst du? Dieses Heft hast du dir erträumt. Es existiert überhaupt nicht.«
»Was heißt, es existiert nicht. Ich habe es gesehen.«
»Gib mir bitte den Salat, Schatz.«
»Hier.«
»Gehst du heute nicht zu deiner Mutter?«
»Nein.«
»Und morgen?«
»Auch nicht.«
»Wie ungezogen!«

Ich habe ihn einen Augenblick angesehen, während sich sein graues rundes Gesicht ganz kurz in trauriger Fröhlichkeit erhellte.

SCHMERZ ZEHRT

Schmerz zehrt. Das habe ich erst spät bemerkt. Als Kind habe ich nicht darauf geachtet. Ich litt, und damit Schluß. Unter meinem Vater, meiner Mutter, der Schule. Das alles kommt mir jetzt vor wie längst vergangen und unglaublich.

Meine Eltern, ihr ewiges So-tun-als-ob. Unsere glückliche Musterfamilie. So wenigstens erschienen wir in den Augen der anderen, der Verwandten und der Freunde.

Alles stimmte in unserer Familie. Mein Vater war Geschäftsmann, ehrlich und fleißig, tüchtig und reich, meine Mutter eine liebe, gute Hausfrau alter Schule. Sie hatten nie Streit, nicht einmal Auseinandersetzungen; sie waren immer einer Meinung. Und dann gaben sie sich auch noch immer verliebt und glücklich.

Ich war ihre einzige Tochter. Ich wurde gehätschelt und geliebt, aber auch mit der nötigen Strenge erzogen. Ich trug immer gestickte Schürzen, Schleifen im Haar, weiße Schuhe, und als ich groß war Angorakostüme und Korallenketten um den Hals. Ich ging zur Schule, war pünktlich, lernte fleißig und bekam gute Noten. Mein Vater und meine Mutter holten mich nach der Schule ab, und alle drei zusammen gingen wir gemütlich nach Hause, wohl wissend, ein perfektes Bild vollendeten Familienglücks zu verkörpern.

Ich habe bei ihnen gelebt, bis ich dreißig war, und ich bin nie aus der Rolle gefallen, die mein Vater mir aufzwang. Unser Leben verlief in geordneten, gleichförmigen Bahnen, ohne jede Störung, Augenblicke des Zweifels oder der Unordnung.

Trotzdem litt ich und konnte nicht begreifen, warum. Vielleicht habe ich mich das auch gar nicht gefragt. Ich habe zuverlässig und starrköpfig meine Pflicht als Tochter und Schülerin erfüllt.

Als mein Vater starb, standen meine Mutter und ich allein da und wußten nicht, was wir tun sollten. Ich hatte inzwischen schon das Gesicht einer alten Frau, es war etwas Komisches an meinem pathetischen Willen, um jeden Preis zufrieden zu wirken, und meine Mutter sah wirklich aus wie ein runzliges, aus den Fugen gegangenes altes Weib.

Aber in wenigen Monaten passierte so viel, daß ich mich nur mit Mühe daran erinnern kann. Als erstes färbte meine Mutter sich die Haare rot. Dann nahm sie sich einen Liebhaber, mit dem sie das ganze Geld meines Vaters durchbrachte. Und als es alle war, ist der junge Mann abgehauen, und meine Mutter hat sich umgebracht.

Ich stand jetzt ohne Geld und ohne Bleibe da, denn unsere Wohnung war verkauft. Also suchte ich mir Arbeit und ging kurz als Sekretärin in ein Immobilienbüro. Aber ich verstand mich mit dem Chef nicht. Vielleicht weil er mich an meinen Vater erinnerte. Jedenfalls arbeitete ich schlecht und lustlos, ich konnte weder die Kartei richtig führen noch einen Brief schreiben, ohne einen Haufen Fehler zu machen. Schließlich bin ich gegangen, oder sie haben mich entlassen, ich weiß es nicht mehr. Eine Zeitlang wohnte ich bei einer Freundin, einer gewissen Giulia, die als Maniküre für die Reichen von Parioli arbeitete.

Im Gespräch mit Giulia habe ich auch herausgefunden, worin der Irrtum meines Lebens bestand. Ich nahm Schmerz immer als notwendig und unvermeidbar hin. Giulia dagegen sah das ganz anders als ich.

»Schmerz verdirbt die Haut, hast du das noch nicht gemerkt?«

»Ich habe noch nie darüber nachgedacht.«

»Wenn man sich wohl fühlen will, darf man nicht leiden.«
»Darauf bin ich nie gekommen.«
»Es ist ja auch nicht so einfach. Weil alle Leute ständig dabei sind, dir Leid zuzufügen. Vor allem wenn du arm bist. Was geht alles schief, und was mußt du alles über dich ergehen lassen, nur weil du arm und machtlos bist, und wie viele Idioten darfst du nicht Idioten nennen, nur weil sie dir Arbeit geben.«
»Das stimmt wirklich.«
»Aber du mußt dich von den Schmerzen befreien.«
»Und wie?«
»Du mußt dich befreien von allem Ballast, der dich behindert.«
»Und wie?«
»Ich habe es dir doch gesagt. Stell dir ein Zimmer mit lauter dreckigem Gerümpel vor. Die Fenster sind verschmiert, der Fußboden hat eine Staubschicht, die Möbel liegen voller Krempel, in den Gardinen hängen scheußliche Gerüche. Würdest du in so einem Zimmer wohnen wollen?«
»Nein.«
»Was würdest du machen, wenn du müßtest? Du würdest es sauber machen, oder?«
»Sicher.«
»Na, also. Stell dir vor, dieses Zimmer ist dein Herz.«
»So etwas habe ich noch nie gedacht.«
»So siehst du auch aus. Du siehst zehn Jahre älter aus, als du bist.«
»Warum?«
»Dein Gesicht ist schief und verkniffen. Ich, zum Beispiel, ich bin genauso alt wie du, aber ich sehe viel jünger aus.«
»Das stimmt.«
»Siehst du? Und weißt du, wie ich das gemacht habe? Ich habe das Leiden aus meinem Leben gestrichen. Ich habe es abgeschafft.«

»Aber wie macht man das?«

»Wie ich dir gesagt habe. Indem man alle überflüssigen Dinge, die das Zimmer nur vollstopfen, rausschmeißt; indem man putzt und Staub wischt, so lange, bis man sich fühlt wie eine schöne leere Schachtel, sauber und luftig.«

Giulias Worte haben mich sehr beeindruckt. Ich hatte nie gedacht, ich könnte Gefühle verjagen oder mich je vom Leiden befreien.

»Sieh dir dein Gesicht im Spiegel an. Diese Spuren, diese Glanzlosigkeit, das sind allein Folgen von Schmerzen. Was für ein Quatsch, so zu leiden, wenn es auch ohne geht.«

»Ich habe versucht, es so zu machen, wie du sagst, aber ich habe es nicht geschafft.«

»Du bist doch nicht etwa verliebt?«

»Na ja. Doch.«

»Eben, deshalb schaffst du es nicht. Zuallererst mußt du aufhören, verliebt zu sein.«

»Wie soll ich das denn machen?«

»Du mußt dir ganz einfach sagen, dieses Gefühl ist genauso wie eins von diesen klobigen, unnützen Möbelstücken, mit denen alte Zimmer vollstehen. Du mußt dich von ihm befreien, genau wie von einem lästigen und unbrauchbaren Gegenstand.«

Noch am selben Abend habe ich Giorgio angerufen. Ich habe ihm gesagt, er solle mich vergessen. Auf der Stelle ging es mir, obwohl Giulias Worte mir Mut machten, so schlecht, daß ich dachte, ich schaffe es nicht. Aber Giulia half mir durchzuhalten.

»Dieser Mann konnte dir nur Kummer machen. Er hat unheimlich viel Platz in dir verstopft. Jetzt hast du ihn rausgeschmissen. Vielleicht sehnst du dich ein paar Tage lang sogar nach dieser Last, an die du gewöhnt warst. Aber bald wirst du sehen, wie du dich besser fühlst. Du mußt dich nur davon überzeugen, daß Freiheit bedeutet: leer sein, völlig leer und ohne Gefühle.«

Schmerz zehrt. Ich brauchte Giulia nicht, um das zu merken. Die Haut in meinem Gesicht war gespannt und spröde und neigte dazu, sich zu schuppen; meine Augen waren fiebrig geweitet und sprangen vor wie zwei feuchte und gerötete Kugeln.

Nach ein paar Monaten in Giulias Pflege sah ich schon ganz anders aus. Wenn ich in den Spiegel schaute, entdeckte ich in meinem Gesicht eine unbekannte Ausgeglichenheit, und meine Augen waren nicht mehr rot und weit aufgerissen, sondern lagen ruhig und ausdruckslos zwischen den unbewegten Lidern.

Eines Tages kam Giulia in mein Zimmer, als ich noch schlief, und sagte, ich müßte ausziehen, sie würde heiraten.

»Aber wieso denn? Du hast doch gesagt, daß man sich nicht verlieben darf, und jetzt heiratest du?«

»Ich heirate, aber das heißt ja nicht, daß ich verliebt bin.«

»Und warum heiratest du dann?«

»Ich heirate, weil ich einen reichen Mann gefunden habe; dann brauche ich nicht mehr zu arbeiten.«

»Glaubst du nicht, daß du leiden wirst, ohne deine Unabhängigkeit?«

»Ich glaube nicht. Ich liebe diesen Mann nicht, also bin ich trotzdem frei. Freiheit bedeutet gar nicht so sehr die Unabhängigkeit, sondern sich richtig leer zu machen.«

Ich sah sie bewundernd an. Giulia hat es geschafft, während ich auf halber Strecke steckengeblieben bin.

»Und was mache ich jetzt? Wo soll ich denn wohnen, ohne Arbeit, ohne Geld?«

»Du wirst schon zurechtkommen. Ich brauche die Wohnung, und du mußt bis morgen abend draußen sein.«

Am nächsten Morgen habe ich die Koffer gepackt. Giulia hat mich zum Fahrstuhl gebracht und mich umarmt und geküßt. Ich habe sie ein letztes Mal von nahem betrachtet, während sie mich drückte; ich hatte wirklich den Eindruck, sie ist leer und glücklich. Ihr Gesicht war weiß und aufgeräumt, wie eine lackierte Wand, ohne Falten, ohne Makel, aber es war auch kein Leben mehr darin.

Eine Zeitlang habe ich als Kindermädchen gearbeitet, dann als Sekretärin in einem Schreibbüro, und schließlich übernahm ich Giulias Stelle in dem Laden in Parioli. Ich bin Maniküre für sechzigtausend Lire im Monat.

Schmerz zehrt. Ich sage es mir jeden Abend vor dem Schlafengehen, wenn ich allein in der kleinen Küche der Vermieterin esse. Ich glaube, ich habe es satt, allein zu sein, ich habe es satt zu schuften, nur um leben zu können, ich habe es satt, keine Freunde zu haben und keinen Mann und keine eigene Wohnung. Aber ich befolge Giulias Lehren und versuche, mich davon zu überzeugen, daß alle diese Gefühle Ballast sind, den ich mit mir herumschleppe und von dem ich mich befreien muß.

Vielleicht, wenn ich mich erst einmal von allem befreit habe, werde ich zufrieden sein, sage ich mir. Aber es gibt so vieles, von dem ich mich immer noch nicht lösen kann.

Ich habe Giulia vor ein paar Tagen wiedergesehen. Sie kam ins Geschäft. Sie hatte ihr schönes Auto genau davor auf dem Bürgersteig geparkt, und dann kam sie herein und sagte laut »Guten Tag!« zu allen.

»Wie geht es dir, Giulia?«

»Phantastisch. Weißt du, daß ich ein Kind bekomme?«

»Dann hast du es aufgegeben, immer leerer zu werden?«

»Nein. Gar nichts habe ich aufgegeben. Oder glaubst du, ein Kind genügt, um einen wieder vollzustopfen? In mir ist es so leer, daß nicht mal Platz für eine Stecknadel bleibt.«

»Wenn es leer ist, ist doch Platz.«

»Die Leere, wenn sie wirklich richtig leer ist, ähnelt dem Vollsein, weißt du das nicht?«

»Ich schaffe es nicht. Ich weiß nicht, wie ich es machen soll.«

»Man sieht es dir an, daß du es nicht schaffst. Du siehst wirklich zum Erbarmen aus.«

»Ich möchte heiraten.«

»Das klingt, als ob du sagen wolltest, du möchtest mit Honig gefüllt werden. Du hast Sehnsucht nach den alten Möbeln und dem Staub, die dir vor der Generalreinigung Gesellschaft geleistet haben. Nur zu. Aber du wirst sehen, es wird dir immer schlecht gehen.«

In diesem Augenblick ist mir mein Vater wieder eingefallen. Schon lange hatte ich nicht mehr an ihn gedacht. Ich bemerkte, daß er und Giulia sich ähnelten. Nur daß er eine uralte Methode angewandt hatte, um glücklich zu werden, so tun als ob, und sein Leben am Ende in eine widerliche Komödie verwandelt hatte. Giulia dagegen war moderner und mutiger, sie hatte die Kraft besessen, sich wirklich vom Schmerz zu befreien, indem sie die Gefühle abschaffte, und da stand sie – weiß und schön wie eine Statue, mit ihren großen blauen Augen, die ins Leere starrten, ihre kalten und eleganten Hände in den meinen, und lächelte, fast ohne die Lippen zu bewegen.

DIE LEINENLAKEN

Heute morgen habe ich ein Loch in den Leinenlaken gefunden, so groß. Ich bin sicher, das war Elena, mit ihren verdammten Zigaretten. Sie weiß genau, daß diese Leinenlaken zu meiner Aussteuer gehören; sie weiß, daß ich stolz auf sie bin und sie eifersüchtig hüte. Und genau, weil sie das weiß, tut sie mir das an.

Giorgio war gerade wach geworden und rief wie üblich nach dem Kaffee. Ich war schon in der Küche, um ihn zu kochen. »Ich komme«, habe ich gerufen und schnell die Tassen aus der Anrichte genommen.

Ich habe Milch gekocht, vier Scheiben Brot abgeschnitten, alles auf das Tablett gestellt und bin zum Schlafzimmer gegangen. Ich habe die Tür mit dem Knie aufgestoßen. Giorgio und Elena sahen vom Bett aus zu, wie ich mit dem Tablett in den Händen ankam. Giorgio hatte sich schon aufgesetzt, sein Strubbelkopf lehnte am Kissen, die Schlafanzugjacke stand über der haarigen Brust offen. Elena lag noch flach. Ihr riesiger runder Kopf schaute unter der Bettdecke hervor, noch zerknautscht vom Schlaf. Ihre großen hellblauen Augen verfolgten träge meine Bewegungen.

»Wo soll ich es hinstellen?«
»Hier, Schatz.«
»Wo, hier?«
»Auf meine Knie.«
»Elena schläft noch«, sagte ich, bloß um etwas zu sagen, obwohl ich genau sah, daß sie die Augen offen hatte.
»Nein, ich schlafe nicht. Hast du mir Milch mitgebracht?«

»Ja, sie steht auf dem Tablett. Ach, ich habe den Zucker vergessen.«

»Dann lauf ihn holen, Mäuschen.«

Ich habe ihm schon oft gesagt, er soll mich nicht Mäuschen nennen. Aber er hört nie auf mich. Ich bin zurück in die Küche gegangen, habe die Zuckerdose geholt und sie ihnen aufs Tablett gestellt, neben das Milchkännchen.

»Was machst du uns heute zum Mittagessen, Mäuschen?«

»Bitte, nenn mich nicht Mäuschen.«

»Bin ich dein Ehemann oder nicht?«

»Was hat denn das damit zu tun?«

»Tja, ein Ehemann darf seine Frau nennen, wie er will.«

Elena hat sich lässig hochgesetzt und gelacht. Sie hat eine Hand zum Tablett gestreckt, so daß es auf Giorgios Knien zu wackeln anfing. Dann hat sie sich eine Scheibe Brot geschnappt und in die Tasse voll Milch gestippt.

»Setz dich her, Mäuschen.«

»Ich habe schon gegessen.«

»Na, dann setz dich trotzdem, und erzähl mir, was du heute nacht geträumt hast.«

»Ich träume nie.«

»Das ist nicht möglich.«

»Nie, nie, nie.«

»Das ist ein schlechtes Zeichen.«

»Wieso?«

»Das heißt, du hast nichts in dir.«

Elena hat angefangen zu lachen. Ich verstand nicht, was sie so witzig fand an dem, was Giorgio gesagt hatte. Aber sie lacht oft ohne Grund. Sie schüttelt den Kopf, so daß ihr die Haare über Augen und Wangen fallen. Giorgio mag es, wenn sie lacht. Er betrachtet sie, wie sie die Haare schüttelt, und lächelt befriedigt.

Seit unserer Hochzeit hat sich vieles verändert. Besonders in den letzten Monaten, seit Elena bei uns ist. Ich habe Giorgio nie so unbeholfen und duckmäuserisch gesehen.

Nach außen scheint unser Leben das gleiche zu sein, aber in Wirklichkeit ist alles anders geworden.

Ich erinnere mich noch an den Tag, an dem er sie in die Wohnung brachte. Er machte die Tür auf und hielt sie an der Hand. Er war sehr fröhlich und aufgekratzt.

»Ada, ich habe dir eine Freundin mitgebracht«, sagte er.
»Freundin von wem?«
»Von dir und von mir. Sie wohnt ab heute bei uns.«
»Aber ich kenne sie gar nicht.«
»Jetzt hast du Zeit, sie kennenzulernen.«
»Wo soll sie denn schlafen?«
»Im großen Bett, mit mir. Macht es dir was aus?«
»Im großen Bett? In meinen Leinenlaken?«
»Wenn es dir lieber ist, kaufe ich welche aus Baumwolle.«
»Nein, nein. Nimm ruhig meine.«
»Du kannst im Wohnzimmer schlafen, auf der Bettcouch.«
»Die ist aber sehr hart als Bett.«
»Elena hilft dir kochen und die Wohnung in Ordnung halten. Du wirst sehen, sie ist eine große Hilfe.«
»Kann sie kochen?«
»Ich weiß nicht. Weißt du, Elena ist ein bißchen verwöhnt. Aber ich bin sicher, sie wird sich an die neue Wohnung gewöhnen und dir bei der Hausarbeit helfen.«
»Verwöhnt – wie?«
»Tja, weißt du, zu Hause war sie gewöhnt, nichts zu tun und den ganzen Tag zu schlafen. Aber sie ist so gut und willig. Ich bin sicher, du wirst sie mögen.«

Bis dahin hatte ich sie noch nicht angesehen. Die Vorstellung, daß sie meine Leinenlaken benutzen sollte, ärgerte mich. Ich hoffte, wenn ich sie nicht ansah, verschwand sie wieder. Aber sie war da, lang und weiß, und nickte bei jedem Wort von Giorgio mit dem Kopf. Also habe ich hochgesehen und sie mir genau betrachtet. Als erstes traf ich auf ihre großen, ruhigen blauen Augen, die mich neugierig anstarrten. Bis auf diese etwas unproportionierten Augen hat ihr Gesicht nichts Besonderes: Es ist rund und weiß und trägt regelmäßige Züge. Der Körper ist ähnlich: rundlich und sauber und normal groß.

An diesem Abend ist Giorgio zu Hause geblieben und hat uns geholfen, eine große Apfeltorte zu backen. Er hat sich die Schürze umgebunden, Äpfel geschält und dabei mit Elena geplaudert. Bei der Gelegenheit habe ich gemerkt, daß Elena keine Ahnung hat; statt mir zu helfen, stand sie mir nur im Wege. Und deshalb habe ich sie seitdem nicht mehr gebeten, in der Küche zu arbeiten. Ich mache lieber alles allein, dann geht es schneller.

Wir haben auch den Champagner aufgemacht an diesem Abend, um das Ereignis zu feiern. Elena trank zwei Gläser und hatte einen Rausch. Giorgio hat sie in den Arm genommen und auf das Bett getragen. Dann hat er mich gerufen, damit ich ihm helfe, sie auszuziehen. Und dabei konnte ich sie nackt sehen. Angezogen hätte ich sie auf achtundzwanzig geschätzt, aber ohne Kleider sieht sie zehn Jahre älter aus. Ich weiß nicht warum, aber es hat mich gefreut, daß sie älter ist als ich. Ich habe noch einmal einen Blick auf meine feinen handbestickten Leinenlaken geworfen, dann bin ich hinausgegangen und habe sie allein gelassen.

Es stimmt, was Giorgio sagt, Elena ist gut und warmherzig. Nur daß sie sich oft langweilt und mich dann zum Zeitvertreib ärgert. Normalerweise liegt sie den ganzen Tag auf dem Bett und liest Comichefte oder malt sich die Fingernägel an oder bürstet sich die Haare. Ab und zu schläft sie ein, und dann höre ich nichts mehr von ihr bis sieben, wenn Giorgio nach Hause kommt. Kurz bevor er auftaucht, springt Elena hastig in ihre Kleider, schminkt sich, kämmt sich, schlüpft in die Stöckelschuhe, und kaum macht er die Tür auf, stürzt sie sich mit Freudeschreien auf ihn.

Manchmal unternehmen wir zu dritt etwas. Wir gehen

ins Kino oder machen einen Bummel in der Stadt. Dann benimmt Giorgio sich immer sehr anständig, das muß ich zugeben. Er behandelt mich wie eine richtige Ehefrau: Er hakt sich ein, flüstert mir etwas Neckisches ins Ohr und läßt mir den Vortritt, wenn wir irgendwo einkehren. Und Elena geht hinter uns her, mit langsamen Schritten und ein bißchen schmollend. Wenn wir Freunde treffen, stellt Giorgio sie als Kusine seiner Frau vor, also meine. »Sie hat ihren Mann verloren«, sagt er, »und jetzt wohnt sie bei uns. Sie hat sonst niemanden, die Ärmste.«

Elena redet nie. Sie lächelt. Sie bestellt Eis. Eis ist ihre große Leidenschaft. Manchmal erfüllt Giorgio ihr den Wunsch, manchmal schnauzt er sie an, daß einem im Winter von Eis schlecht wird, und nimmt es ihr weg.

Kaum sind wir wieder in der Wohnung, ändert sich alles schlagartig. Giorgio guckt mich nicht mehr an und redet auch fast nicht mehr mit mir, außer um Elena zum Lachen zu bringen, zum Beispiel wenn er mich Mäuschen nennt. Elena ist dann wieder ganz selbstsicher und fängt an, von langweiligen Dingen zu plappern; oder sie legt sich mit ihren Comicheften aufs Bett und verlangt, daß ich loslaufe und ihr ein Glas eiskalte Milch bringe, wenn sie Durst hat.

Nicht daß Elena mich aus der Wohnung haben will. Wie sollte sie denn auch zurechtkommen ohne mich? Ihre Krankungen sind nur die Späße verwöhnter Leute. Sie ist sich gar nicht im klaren darüber, daß Ihre Scherze mit meinen Leinenlaken mir unerträglich sind.

»Wenn du weiter Löcher in meine Leinenlaken machst, verlasse ich die Wohnung«, habe ich in einem wütenden Augenblick zu ihr gesagt.

»Sag das nicht. Giorgio wäre ziemlich sauer.«

»Dann soll er sehen, wie er zurechtkommt.«

»Aber er ist dein Mann.«

»Was kann er mir schon tun?«

»Er kann dich anzeigen, wegen böswilligen Verlassens der ehelichen Gemeinschaft.«

»Glaubst du, Giorgio täte das weh?«

»Ich weiß nicht. Aber wenn du gehst, kann ich nicht mehr mit ihm zusammenleben.«

»Wieso?«

»Wir sind ja nicht verheiratet.«

»Na und, was macht das schon?«

»Alle wüßten sofort, daß wir ein Verhältnis haben.«

»Na und?«

»Das ist nichts für mich. Was sollen denn die Nachbarn sagen?«

»Wen kümmern schon die Nachbarn?«

»Mich. Ich möchte nicht als unmoralisch dastehen.«

In Wirklichkeit habe ich gar nicht die Absicht wegzugehen. Ich würde mich langweilen allein. Und außerdem, offen gesagt, Giorgio ist mein Ehemann, und ich finde, mein Platz ist an seiner Seite. Wenn ich sage, daß ich gehe, dann mache ich das, um Elena zu erschrecken. Es gefällt mir zu sehen, wie sie einmal zuhört und mich ernst nimmt, während ich mit ihr rede.

Gleich kommt Giorgio zurück. Heute abend habe ich eine wichtige Entscheidung getroffen. Ich werde ihm sagen, er solle sich eigene Baumwollwäsche kaufen für das Bett, in dem er mit Elena schläft. Ich kann es nicht ertragen, daß meine Leinenlaken in Fetzen gerissen werden.

MARCO

Als ich ihn heiratete, war er noch auf der Universität. Ihm fehlten noch zwei Jahre zum Ingenieur. Aber er studiert nie. Er sagte, er mag sehr gern meine Füße anschauen.

Ich habe wirklich sehr schöne Füße, lang und hart, wie zwei kleine Leichen auf Eis. Sie haben auch die Schwere und die Unbeweglichkeit von Leichen. Man kann sagen, ich laufe mit den Beinen und nicht mit den Füßen; das heißt, die Füße bewegen sich vorwärts, aber eher wie zwei Marmorbrocken, die man unten in die Knöchel gerammt hat.

Marco machte es riesigen Spaß, meine Füße anzuschauen: Er konnte stundenlang regungslos auf dem Bett liegen, meine nackten Füße auf seiner Brust halten und sie aus der Nähe betrachten. Ich fand es immer ein bißchen langweilig, aber ich ließ ihn. Ich habe nie eine besondere Vorliebe für meine Füße gehabt, ich finde sie dumm und nichtssagend.

Wenn er nicht gerade meine Füße betrachtete, schlief Marco oder erzählte mir leise und mit halboffenen Augen von seinen Kindheitserinnerungen. Marco lebte wirklich nur in der Erinnerung. Sein Kopf war immer übervoll mit Erinnerungen, Reminiszenzen, Ereignissen und Personen aus der Vergangenheit. An die Zukunft dachte er nie, und die Gegenwart fand er nur befremdlich, wie eine absurde Last. Sobald er konnte, wandte er sich der Vergangenheit zu und vergaß vollkommen, was er gerade tat. Sein Studium verlief dementsprechend äußerst schlecht, und sein Vater, der Ingenieur war und ihn finanzierte, erboste sich und machte ihm ständig Vorhaltungen.

Marco sagte, meine Füße erinnerten ihn an eine Statue

in einem Garten in der Lombardei, wo er seine Jugend verbracht hatte.

»Wie hat sie denn ausgesehen?«

»Ein bißchen wie du, klein und weiß und rundlich, mit zwei Haarsträhnen über den Ohren, einer kleinen Brust und stämmigen Beinen, die Füße weiß und schön wie deine, mit einem kleinen fleischigen Huckel auf dem Spann, genau wie bei dir.«

»Warum gefielen dir diese Füße?«

»Ich betrachtete sie gern. Manchmal, wenn ich sicher war, daß mich niemand beobachtete, beugte ich mich über sie, küßte sie und leckte ein bißchen daran.«

Noch öfter aber sprach er über seine Mutter, die übrigens in der Statue dargestellt war, nur ein bißchen reifer. Wenn er von ihr sprach, bekam er leuchtende Augen.

»Weißt du, wie meine Mutter war?«

»Ich weiß, wunderschön.«

»Nein. Sie war schwerelos. Als der Krieg kam, flog sie davon.«

»Ist sie tot?«

»Nein. Sie ist verschwunden. Ich weiß nicht, ob sie tot ist. Sie ist weg. Aber damals sah sie noch genauso aus wie die Statue. Sie war jung und schön. Trotz ihrer scheußlichen schwarzgeblümten Kleider.«

»Und was hat sie gemacht?«

»Nichts. Sie saß immer in einem gestreiften Liegestuhl und las Zeitung oder starrte unbefriedigt ins Leere. Ich spielte immer neben ihr, ohne mich je von ihr zu entfernen. Manchmal, wenn ich ihr lästig war, schubste sie mich weg, mit einem kleinen Fußtritt. Sie gefiel mir sehr, meine Mutter. Sie war die schönste Frau der Welt.«

Nachdem wir ein paar Monate so zugebracht hatten, drohte Marcos Vater, uns kein Geld mehr zu geben, wenn Marco nicht wieder zu lernen anfing. Und Marco fing wieder an zu lernen, lustlos, nur um dem Vater einen Gefallen zu tun, und mit andauernden Unterbrechungen, in denen er mir von sich und seiner Kindheit erzählte, von der Mutter, der Marmorstatue und dem Garten.

Jeden Tag gegen vier ging ich fürs Abendessen einkaufen und ließ ihn am Schreibtisch über seinen Büchern sitzen. Wenn ich zurückkam, saß er noch an der gleichen Stelle, in der gleichen Haltung, wach, aber regungslos, und starrte im Dunkeln vor sich hin. Ich tastete nach der Wand und schaltete das Licht an. Marco drehte sich nicht um.

»Hast du gelernt?«
»Ja, sicher.«
»Warum machst du denn kein Licht, wenn es dunkel ist?«
»Weißt du, an was ich gerade gedacht habe?«
»An was?«
»An Mama, als sie siebzehn war. Mein Vater war vom Land. Sie kam aus Mailand. Sie hatte so etwas Großstädtisches, daß einem angst und bange wurde. Sie war eine Schönheit, die Mama, als junges Mädchen, und jede Woche hatte sie einen anderen Mann im Schlepptau. Sie trug immer ganz weite Röcke, und die rutschten bei jeder Bewegung zur Seite und legten ihre Fesseln ganz leicht bloß ... «
»Woher weißt du das denn, wenn deine Mutter erst siebzehn war?«
»Ich stelle es mir vor.«
»Warum lernst du nicht?«
»Hor doch! Sie hatte lange fließende Haare, in denen Stoffrosen steckten. Und mein Vater hat sich zuerst in diese großstädtischen Haare und diese Pariser Röcke verliebt und dann in sie. Mein Vater war immer schon ein Trottel. Weißt du, wie er sie nannte, als sie verlobt waren? Kätzchen. Geschmackloser geht es doch nicht, oder? Er glaubte auch, sie hätte ihn aus Liebe geheiratet. So ein Schwachkopf.«
»Warum hat sie ihn denn geheiratet?«
»Aus Langeweile. Seit zehn Jahren war er hinter ihr her gewesen, sie war damals noch ein Mädchen und er ein

Junge mit einem Haufen gräßlicher Haare, die ihm in die Stirn wuchsen. Sie liebte eigentlich schöne Männer. Sie liebte Tanzen, Lachen und die Liebe. Er dagegen steckte seine Nase nur in Bücher. Aber er wollte sie um jeden Preis, und am Ende hat er sie bekommen. Aus Überdruß. Sie hat ihn geheiratet, um einem anderen eins auszuwischen, den sie liebte, der sich aber nicht zur Heirat durchringen mochte. So sagte sie, nachdem sie zehn Jahre nein gesagt hatte, eines Morgens Knall auf Fall ja, laß uns heiraten und aufs Land ziehen.«

«Und weiter?«

»Nichts weiter. Sie langweilte sich zu Tode. Und als der Krieg ausbrach, verschwand sie.«

»Ist sie mit einem Mann davongelaufen?«

»Weißt du, daß sie mir, also ich klein war, immer die Finger in den Mund gesteckt hat?«

»Wer?«

»Meine Mutter. Sie wollte sehen, ob ich wieder Zähne bekommen hatte. Ich schämte mich ein bißchen, besonders wenn sie es vor meinem Vater machte, aber ich spürte gern ihre fleischigen Hände in meinem Mund. Erst steckte sie einen Finger hinein und fuhr mir damit über das Zahnfleisch, tastend, drückend, und dann noch einen und noch einen. Wenn sie die Hand wieder herauszog und sie ganz naß von der Spucke war, wurde ich rot und lief weg. Sie lachte. Sie gab mir einen Klaps an den Kopf und lachte.«

»Warum lernst du nicht, statt an deine Mutter zu denken?«

»Ich habe gelernt. Jetzt bin ich müde. Weißt du, wie es mit Mama ausging?«

»Wie?«

»Lebendig verbrannt, bei einem Bombenangriff.«

»Hast du mir nicht gesagt, sie sei verschwunden.«

»Ja, verschwunden, verbrannt, das ist doch dasselbe.«

»Jetzt lern noch eine Stunde, und dann essen wir. Danach gehen wir ins Kino, wenn du magst.«

»Ich habe keine Lust. Du weißt doch, ich gehe nicht gern ins Kino. Laß uns lieber zu Hause bleiben. Ich erzähle dir von Mama, als sie ein junges Mädchen war.«

»Das hast du mir schon erzählt.«

»Ich könnte endlos weiter davon erzählen. Wie sie zum Beispiel rohe Eier ausschlürfte, nachdem sie mit den Fingernägeln zwei winzige Löcher in die Schale gemacht hatte. Sie war sehr geschickt. Ein ›tack‹ mit dem Zeigefinger, und ein Stückchen Schale platzte ab. Dann ›tack‹ am anderen Ende. Und dann saugte sie es aus. Oder wie sie Dampfbäder nahm und ich vor der Tür kauerte und dem Donnern des Ofens lauschte. Laß mich rein, schrie ich. Sie lachte von drinnen, aber sie machte nicht auf. Dann kam sie heraus, über und über rot und in ein Handtuch gewickelt. Sie fing an, ihre Strümpfe anzuziehen. Ich bat: laß mich zugucken. Sie schubste mich mit einem Fuß weg. Sie gab mir einen kleinen Tritt, ohne mir weh zu tun, damit ich das Feld räumte. Aber ich ging nicht. Es gefiel mir zu gut in ihrer Nähe.«

»Ich gehe dir das Abendessen machen.«

»Nein, warte. Habe ich dir schon erzählt, wie sie mich dabei überraschte, daß ich die Füße der Statue umarmte?«

»Wenn ich jetzt nicht anfange, dann kriegen wir heute abend nichts zu essen. Es ist schon spät.«

»Also gut. Ich komme mit und helfe dir.«

Nach zwei Jahren hatte Marco vier Prüfungen gemacht, bei zweien davon war er durchgefallen. Der Vater kürzte seine monatlichen Zahlungen um die Hälfte: statt hunderttausend Lire nur noch fünfzigtausend. Marco und ich aßen jetzt Spiegeleier und Salat, wie nach dem Krieg. Aber Marco war darüber nicht traurig, auch nicht sauer. Armut machte ihm nichts aus; sie erinnere ihn, sagte er, an seine Kindheit.

»Vielleicht suche ich mir eine Arbeit«, sagte ich.

»Wie du willst. Ich muß viel lernen. Aber was soll ich den ganzen Tag ohne dich machen?«

Wir legten uns aufs Bett. Marco nahm meine nackten Füße in die Hand, streichelte sie, küßte sie. Er lag mit geschlossenen Augen da, unbeweglich, als schliefe er, aber er schlief nicht.

»Woran denkst du?«

»An die Zeit, als ich ein kleiner Junge war.«

»Warum denkst du nicht an jetzt, an mich. Du bist inzwischen ein Mann.«

»Weißt du, daß ich jeden Montag um fünf Uhr aufgestanden bin, nur um zusammen mit dem Sohn vom Schlächter zuzusehen, wie sie den Schafen die Hälse abschnitten? Ich betrat einen großen dunklen Raum mit einem Zementfußboden, der ganz blutverschmiert war. Auf der einen Seite waren Haufen von Stroh, auf einem Tisch lagen Eimer, Messer, Hackbeile. Es war sehr kalt da drin, sogar im Sommer. Dann kam der Vater von meinem Freund mit einer Wachstuchschürze um den Leib, klemmte sich ein Schaf zwischen die Beine, drückte den Kopf auf einen Holzbock und schlitzte ihm mit dem Messer die Gurgel auf. Das Blut spritzte nicht. Ich habe immer darauf gewartet, daß es spritzt, aber es tropfte nur und war schwarz und glänzend und sickerte über den Fußboden und sammelte sich am Ende in einer tiefen Lache. In dieser Lache stand es still und verströmte einen schweren, süßlichen Geruch: Sie war immer voller Mücken. Das Schaf zuckte jetzt nur noch mit einem Auge. Es blickte geradewegs auf mich, als ob es sagen wollte: Was stehst du hier rum, du Schwachkopf, du Schwein? Ich verspürte einen Schmerz in den Eingeweihten, der auch freudig war. Ich konnte die Augen nicht abwenden von den Händen des Schlächters und von dem tropfenden Blut.«

»Warum denkst du nicht an mich? Ich bin hier. Deine Kindheit ist inzwischen tot.«

»Gewisse Dinge sterben nie.«

»Ich erinnere mich an gar nichts aus der Zeit, als ich ein kleines Mädchen war.«

»Eben, du lebst in der Gegenwart, und du bist nicht glücklich. Nur die Vergangenheit macht glücklich.«

»Was soll schon schön sein an der Erinnerung?«

»Es ist das Schönste auf der Welt. Wenn ich mich erinnere, lebe ich, wenn nicht, geht es mir schlecht; dann kommt es mir vor, als wäre ich schon tot.«

»Aber warum?«

»Weil die Gegenwart nur ist, was sie ist, aber die Vergangenheit ist immer etwas anderes.«

»Was denn?«

»Eine feine, zarte Deformation, die mir den Kopf verdreht.«

Eines Tages kam Marcos Vater zu Besuch. Es war spät am Morgen; wir lagen beide nackt auf dem Bett und unterhielten uns, das heißt, Marco erzählte von seiner Kindheit, und ich hörte zu. Er hielt meine Füße an die Brust gepreßt, hatte die Augen geschlossen und sprach mit einer leisen, monotonen Stimme, schwärmerisch.

Irgendwie hatte die Wohnungstür offengestanden, und so haben wir gar nicht gemerkt, wie der Vater ins Zimmer gekommen war und uns nackt auf dem Bett liegen sah.

Ich stieß einen Schrei aus und zog mir die Decke vor die Brust. Marco schlug die Augen auf, sah den Vater und rührte sich nicht.

»Was will dieser Idiot?« sagte er, blieb liegen, nackt und mit einem höhnischen und melancholischen Gesichtsausdruck.

Der Alte fing an zu brüllen. Er brüllte so laut, daß man nicht verstand, was er sagte. Marco versuchte nicht einmal, sich zuzudecken. Und sein Vater ging irgendwann dazu über, auf die Möbel einzutreten und alles umzukippen, was ihm unter die Finger kam. Mit einem Fausthieb zerschlug er den großen Spiegel an der Wand, mit einem Tritt fegte er Marcos Schreibtisch und alle Bücher darauf zu Boden. Seine Hand blutete, überall steckten Splitter, aber er hörte nicht auf. Irgendwann packte er einen Stuhl bei der Lehne und raste auf den Sohn zu.

»Ach, du alter Idiot.«

Marcos ruhige und zornige Stimme bremste ihn schließlich. Der Alte hat den Stuhl fallen lassen und sich weinend auf das Bett geworfen.

»Mein Sohn ist tot«, sagte er zwischen den Schluchzern, »mein Marco ist tot, ich werde ihn nie wieder sehen, alles ist aus.«

»Hau ab, und heul dich woanders aus, du Krokodil«, schrie Marco ihm ins Ohr.

Der Alte stand auf, trocknete sich mit einem Zipfel vom Bettuch die Augen und ging, dabei hat er weiter gemurmelt, sein Sohn sei tot, und alles sei aus.

Von dem Tag an bekamen wir keine Lira mehr. Eine Zeitlang verkauften wir die Möbel und lebten davon. Dann fand ich eine Arbeit in einem Reisebüro. Marco holte mich jeden Tag am Ausgang ab. Sobald ich ihn sah, fragte ich, ob er studiert hatte. »Sicher«, antwortete er. Aber ich wußte, daß es nicht stimmte.

Ich verdiente siebzigtausend Lire im Monat, und wir lebten sehr sparsam und beengt in einem Zimmer, das gleichzeitig Schlafzimmer, Wohnzimmer und Arbeitszimmer war. Marco blieb immer in der Wohnung, wenn ich arbeiten ging. Ab und zu rief er mich aus der Bar von unten an und fragte, wie es mir geht.

»Gut. Lernst du?«

»Ja.«

»Wie weit bist du gekommen?«

»Ganz schön weit. Ich glaube, im Oktober mache ich eine Prüfung. Aber ich wollte dir etwas erzählen, das mir heute nachmittag beim Lernen passiert ist.«

»Was denn?«

»Ich war gerade am Rechnen, und plötzlich hatte ich das Gefühl, eine Faust schlägt mir auf den Kopf. Ich drehte mich um, aber niemand war da. Keine Ahnung, was das gewesen sein könnte. Mir war übel. Der Schädel brummte mir. Meine Augen brannten. Dann bin ich ins Bad gerannt und habe den Kopf unter Wasser gehalten. Ich blieb eine Zeitlang da, unter dem Strahl, halb betäubt; dann ging ich ans Fenster, mit dem nassen Gesicht und den geschwollenen Augen, und sah hinaus. Du wirst es nicht glauben ... ich habe es sofort gemerkt, das war nicht derselbe Hof mit den parkenden Autos in Reih und Glied, sondern ein Garten mit Beeten und Bäumen. Ich verstand überhaupt nichts mehr. Inzwischen fühlte ich mich wieder richtig gut. Der Schmerz war vorbei, und ich konnte wieder mühelos atmen. Ich schloß die Augen; dann habe ich sie wieder aufgemacht und begriffen, was da vor mir lag, war mein Garten.«

»Marco, du hattest eine Halluzination.«

»Nein, es war genau mein Garten. Und weißt du, was am Ende hinter den Beeten und den Oleanderbüschen war? Die Statue, meine Statue. Auch aus der Ferne konnte ich ihre nackten Füße in der Sonne glänzen sehen. Ich blieb stehen, ganz verzaubert, und schaute. Ich hatte Angst, alles könnte von einem Moment zum anderen entschwinden. Aber weißt du, wen ich plötzlich sah, ganz hinten und mit Steinchen spielend? Mich selbst. Ich hatte kurze Höschen an und eine gelbe Mütze auf. Ich war so vertieft in das Spiel, daß ich gar nicht merkte, daß mich jemand beobachtete. Dann habe ich die Stimme meiner Mutter gehört, sie kam aus dem Haus, und gleich danach ihre Schritte auf dem Kies. Mein Herz schlug heftig. Jetzt sehe ich sie gleich, dachte ich. Ich betete, sie solle ihr Kleid mit den schwarzen Tulpen tragen. Und da war sie tatsächlich. Sie ging langsam, ein bißchen träge und amüsiert sah sie aus, und sie ließ das Kleid mit den schwarzen Blumen um ihre Beine tanzen. In diesem

Augenblick hörte ich eine Autohupe, und alles war weg. Einfach so, verschwunden. Ich habe mich auf den Rand der Badewanne gesetzt und war untröstlich.«

Als ich Marco an diesem Abend am Büroausgang sah, wie er mir auf der Straße entgegenkam, wußte ich, es ging ihm schlecht. Sein Gesicht war verzerrt, die Augen rot und geschwollen, der Kiefer erstarrt. »Sollen wir nicht ins Kino gehen und uns ein bißchen ablenken.«

»Nein.«

»Was willst denn du machen?«

»Laß uns nach Hause gehen.«

»Aber es ist schrecklich in dem kleinen Zimmer bei der Hitze.«

»Komm, ich will dir was zeigen.«

Zu Hause hat er gesagt, ich soll mich aufs Bett setzen, und mir ein Buch in die Hand gedrückt. Ich schlug es auf. Auf der ersten Seite, über dem Titel, stand mit Kinderhand ein Name und ein Datum geschrieben: Marco Annoni, 1. Juni 1942. Darunter war eine vergilbte Fotografie geklebt; ein mageres, trauriges Gesicht mit scharfen Falten auf der Stirn und zwei schmalen, traurigen, hellen Augen.

»Bist du das?«

»Ich werde nie mehr so sein.«

»Warum möchtest du denn so sein? Jetzt siehst du doch viel besser aus. Du bist ein schöner Mann.«

»Mein Vater hat recht; Marco ist tot.«

»Und wer bist du dann?«

»Eine Wucherung, ein Ding, das nichts mit mir zu tun hat, ein lächerlicher Wurmfortsatz.«

»Und mich gibt es auch nicht?«

»Es gibt weder dich noch mich. Unser Leben ist finster, trostlos, sinnlos. Es ist gewöhnlich, genau wie alle anderen. Als Kind war ich anders, ich war einzigartig. Jetzt ekelt mich alles an.«

»Hast du mich denn nicht lieb?«

Statt mir eine Antwort zu geben, hat Marco sich auf den Boden gesetzt, meine Füße entblößt und in die Hand genommen und hat angefangen, sie abzulecken.

Zwei Tage danach rief er mich wieder bei der Arbeit an. Seine Stimme klang nervös und euphorisch.

»Was ist denn los?«

»Es ist wieder passiert.«

»Was?«

»Der Fausthieb auf den Kopf, der Schmerz, die Vision des Gartens vor dem Badezimmerfenster.«

»Ich rufe einen Arzt an. Vielleicht hast du etwas.«

»Ich habe nichts. Es war wunderschön.«

»Was?«

»Das Bild. Meine Mutter kam von hinten durch die Allee mit den Dahlien auf mich zu. Sie schritt leichtfüßig und in Gedanken versunken daher in ihrem Kleid mit den schwarzen Tulpen, und sie hatte ein ganz weißes Gesicht, mit violetten Rändern um die Augen. Aber als sie mich sah, holte sie, anstatt mich anzulächeln, aus, um mir einen kleinen Fußtritt zu geben, so wie sie es getan hatte, als ich klein war. Und ihre Stimme wurde hart und böse. Sie sagte: ›Wenn du nicht gewachsen wärst, dann wäre ich geblieben, wie ich war. Wenn du nicht diese furchtbar langen Arme hättest, wäre ich noch hier. Wenn du nicht diesen Bart hättest, wäre ich noch ein Mädchen. Wenn du nicht diese harte, kratzige Haut hättest, wäre ich nicht alt geworden und gestorben. Aber du hast alles verdorben. Wachsen wolltest du, ein Mann werden.‹

Als sie näher kam, sah ich, daß ihr Gesicht weiß und hart und wie versteinert war. Ihre Stimme wurde schneidend, durchdringend: ›Wenn du nicht groß geworden wärst, du kleiner Egoist, dann wäre ich jetzt nicht so ein Wrack, und diese scheußlichen Sachen wären alle nicht passiert. Jetzt habe ich keine Figur mehr und bin aus der Form. Wenn du nicht groß geworden wärst, dann wäre alles geblieben wie vorher.‹ Ja, das hat sie gesagt, und ich wollte nicht weinen, aber ich weinte; ich wollte schreien, daß es nicht meine Schuld wäre, daß ich auf mein eigenes Leben verzichtet hätte und umgekehrt wäre, um ihr die Jugend zurückzugeben, aber ich bekam den Mund nicht auf. Da hat sie mir wütend den Rücken zugekehrt und ist gegangen, ohne mir auf Wiedersehen zu sagen.«

Ich überlegte, mit meinem Schwiegervater zu sprechen. Ich hatte Angst, daß Marco vielleicht krank sei. Aber zwei Tage später riefen sie mich im Büro an und sagten, ich solle sofort nach Hause kommen, weil sich Marco aus dem Fenster gestürzt habe. Ich bin gerannt. Unten im Hof, auf dem Dach eines langen, himmelblauen Autos, lag Marcos Körper; er war schon kalt. Marco war mit dem Kopf aufgeschlagen und sofort tot gewesen.

Ich bin wieder mit meiner Schwester zusammengezogen, wie vor der Hochzeit mit Marco. Von allen Sachen aus unserer Wohnung habe ich nur das Buch mit dem Kinderbild von ihm mitgenommen. Aber ich sehe es mir nie an; ich habe keine Erinnerung, und ich denke nie an die Vergangenheit.

EHETAGEBUCH

12. Februar
Wir haben geheiratet. Giulios Vater hat aus Sizilien geschrieben, daß er uns verflucht. Aber wen kratzt das! Schließlich bin ich es, die arbeiten geht. Und er lebt bei mir, in meiner Wohnung. Was kann der alte Idiot da schon machen? Giulio hat glatte Haut, die aussieht wie Porzellan.

18. Februar
Damit sein Vater weiter Geld schickt, schreibt ihm Giulio immer, daß er studiert und Prüfungen macht. Der Vater antwortet mit langen Briefen, die Giulio in den Papierkorb wirft. Die Hauptsache ist, den Scheck in die Finger zu kriegen.

8. März
Fast einen Monat sind wir jetzt verheiratet. Giulio wirkt nicht sehr zufrieden. Er ist nervös geworden und faul. Er kriegt kaum noch den Mund auf. Liebe: wenig.

10. April
Wieder ein Monat vorbei. Im Büro läuft es schlecht: immer mehr Arbeit, aber die Bezahlung bleibt gleich. Ich habe festgestellt, daß Giulio ein Gewohnheitsmensch ist. Er macht gern immer die gleichen Dinge. Wir führen ein geregeltes, monotones Leben. Er studiert, ich gehe arbeiten. Abends essen wir in der Küche, und dann setzen wir uns vor den Fernseher. Keine Freunde. Kein Kino. Keine Spaziergänge.

16. Mai
Jetzt, wo es warm ist, sitzen wir abends unter der Galleria Umberto. Giulio ißt gern Eis. Er sitzt gern auf diesem Plätzchen mit den Zwergbäumchen drumherum und hört sich die Musikkapelle an. Ich langweile mich zu Tode. Aber ich sage nichts, ihm zuliebe.

3. Juni
Giulio ist trübsinnig. Ich weiß nicht, was er hat. Er lernt immer. Bis jetzt hat er noch keine Prüfung gemacht. Seinem Vater hat er geschrieben, daß er nächstes Jahr Examen macht.

20. Juni
Wenn ich ihm sage, er sei kühl und zugeknöpft als Ehemann, antwortet er mir nicht. Wenn ich ihm sage, ich habe Lust, mit ihm zu schlafen, sagt er, danach könne er nicht mehr arbeiten. Wenn ich ihm sage, unter der Galleria sitzen und Eis essen ist was für Alte, guckt er mich böse an.

7. Juli
Wieder ein Monat vorbei. Und Giulio ändert sich nicht. Wir schlafen im gleichen Bett, aber wir berühren uns nie. Ich habe ihm gesagt, daß er vor der Hochzeit anders war, daß ihm die Liebe damals Spaß gemacht habe. Er hat mir geantwortet, Liebe sei was für Tiere. Aber vor der Hochzeit hast du nicht so darüber gedacht, habe ich ihm gesagt. Bevor wir verheiratet waren, habe sich das so gehört. Die Liebe sei wie die Baumblüte. Es gebe einen Zeitpunkt, da werden die Bäume schön, fangen an zu duften und füllen sich mit Blüten. Das sei der Zeitpunkt der Liebe. Danach sei Schluß. Ein ganzes Jahr denke kein Mensch mehr daran. Aber wir sind doch keine Bäume, habe ich ihm gesagt. Doch, mehr als du denkst, hat er geantwortet.

16. Juli
Es sah so aus, als müßte Giulio endlich seine Prüfungen machen. Er hatte so viel gelernt, und dann ist er im letzten Moment nicht hingegangen. Er hat ein knochiges und eigensinniges Gesicht. Und harte Augen. Er sagt, er liebt mich. Aber ich kann nicht begreifen, wie. Er ist immer nur am Lernen.

30. August
Die Hitze ist mörderisch. Ich habe ihn gefragt, ob er ein bißchen ans Meer fahren will, wenn ich in acht Tagen Urlaub habe. Er hat mir nicht einmal geantwortet. Er hat wie wild angefangen, in ein Heft zu schreiben. Wenn ich aus dem Büro komme, ziehe ich mich aus und lege mich in die Wanne mit kaltem Wasser. Ich laufe nackt durch die Wohnung, um ihn zu provozieren. Aber er guckt mich noch nicht einmal an.

7. September
Urlaubsanfang. Wir bleiben in Rom. Giulio sagt, er muß lernen. Verdammter Kerl. Ich mache nichts als schlafen. Ich habe ein ganze Menge Schlaf nachzuholen.

15. September
Urlaubsende. Die ganze Zeit in dieser dämlichen Wohnung, wo es düster und heiß ist. Giulio lernt. Er sagt, er will im Oktober vier Prüfungen machen. Alle fünf Minuten soll ich ihm Eiskaffee machen.

6. Oktober
Demnächst fangen die Prüfungen an. Giulio schläft fast nicht mehr. Er ist unansprechbar. Er trinkt nur Kaffee. Seine Haare sind schmutzig. Ich habe ihm gesagt, er soll sie waschen. Er hat mir einen Pantoffel an den Kopf geschmis-

sen. Er ißt nichts. Die Schinkenbrötchen, die ich ihm bringe, wenn er lernt, finde ich später im Papierkorb.

10. November
Wir haben schon November. Die Prüfungsperiode ist vorbei. Giulio ist nicht aus dem Haus gegangen. Er hat gelernt, bis er Fieber hatte, und dann hat er im letzten Moment gesagt, er wäre noch nicht soweit. Er ist im Zimmer geblieben, am Schreibtisch, und hat weitergelernt.

22. November
Gestern hatte ich Geburtstag. Ich bin dreiundzwanzig geworden. Meine Schwester Agostina hat uns zu sich zum Abendessen eingeladen. Aber Giulio wollte nicht mitkommen. Er sagt, er muß lernen. Bei Agostina habe ich Candido kennengelernt. Er redet viel und raucht wie ein Schlot. Er hat himmelblaue Augen.

6. Dezember
Giulio ist grau geworden. Als ich ihn geheiratet habe, war er blond und schön. Jetzt wirkt er wie jemand ganz anderes. Er hat seinem Vater geschrieben, daß er vier Examen bestanden hat. Der Vater gratuliert. Schickt Geld. Schreibt lange Briefe, die Giulio ungelesen wegwirft.

15. Dezember
Candido möchte am liebsten, daß ich immer bei ihm bin. Aber ich muß arbeiten. Und außerdem muß ich auf Giulio aufpassen. Er ißt, trinkt und schläft nicht ohne mich. Aber sobald ich kann, gehe ich zu Candido, in den Keller ohne Heizung und Bad. Wir vögeln auf einer Matratze auf dem Boden, unter einer Decke voller Löcher. Er erzählt mir glühend begeistert von seiner Malerei, überhäuft mich mit Küssen, weint und lacht. Es ist lustig mit ihm.

25. Dezember
Weihnachten. Seit gestern haben wir kein Wasser, weil die Leitungen eingefroren sind. Giulio zieht sich gar nicht mehr an, wenn es so kalt ist. Er wechselt direkt vom Bett zum Schreibtisch. Er lernt im Schlafanzug, mit einer Decke über der Schulter. Er sagt, im Juni macht er fünf Examen auf einmal.

3. Januar
Ein neues Jahr hat angefangen. Giulio wollte weder Weihnachten noch Silvester ausgehen. Er sagt, er darf nicht einmal eine Minute verlieren; er muß lernen. Ich habe gesagt, ich ginge zu Agostina. Ich weiß ja, er ruft sowieso nicht an. Die Nacht war ich bei Candido. Zur Feier des Tages habe ich ihm ein Gasöfchen geschenkt. Und eine Flasche französischen Cognac. Kaum hat er was getrunken, wird er lustiger. Er vollführt Solotänze, nackt, und hüpft auf dem eiskalten Fußboden herum. Wir haben Panettone und Ölsardinen gegessen und uns die ganze Flasche Cognac reingeschüttet. Als ich nach Hause kam, war Giulio über seinen Büchern eingeschlafen. Er hatte bis drei Uhr gelernt.

2. Februar
Es ist lausig kalt. Das Büro, wo ich arbeite, ist kaum geheizt. Ich habe Grippe bekommen. Morgen will ich mir ein Paar Stiefel kaufen. Giulio zieht sich überhaupt nicht mehr an. Er ist inzwischen verfettet und gelb. Er geht nicht mehr aus dem Haus. Er sitzt nur noch da und lernt.

20. Februar
Ich habe mir die Stiefel gekauft. Ich habe Giulio von Candido erzählt. Er hat gesagt, ich soll ihm nicht auf den Wecker fallen, er muß lernen. Punkt.

6. März
Schon März! Giulio wird allmählich nervös wegen der Prüfungen. Er ist total verdreckt. Als ich ihn geheiratet habe, war er sauber. Jetzt wäscht er sich nie mehr, und wenn ich ihm sage, er stinkt, guckt er mich haßerfüllt an.

8. März
Candido hat ein Bild verkauft. Er hat vierzigtausend Lire rausgeschlagen. Er hat mich mit einem Korb voll exotischer Früchte und Krabben in Dosen überrascht. Wir haben gegessen, bis uns schlecht geworden ist. Er hat auch eine neue Gaspatrone für den Ofen gekauft, und wir haben im Warmen gevögelt.

20. März
Giulio fragt mich nie, was ich mache oder wo ich hingehen. Manchmal komme ich spät nach Hause, wenn ich bei Candido war. Es juckt ihn nicht. Es reicht ihm, wenn ich ihm irgendwann am Abend einen Teller Suppe auf den Tisch stelle, wo er lernt. Mal ißt er sie, mal nicht. Dann gehe ich ins Bett. Er lernt weiter bis zwei. Wenn er ins Bett kommt, kriege ich davon gar nichts mit. Einmal, als ich ihn im Schlaf umarmt habe, hat er mich getreten und weggeschubst. Ich glaube, er ist krank. Ein Typ von siebenundzwanzig Jahren kann doch nicht so heruntergekommen sein.

16. April
Um ihm einen anderen Schlafanzug anzuziehen, muß ich Tricks anwenden. Er will sich weder umziehen noch waschen. Er trinkt ungefähr dreißig Kaffee am Tag. Vorgestern habe ich die Monatsabrechnung gemacht. Allein für Kaffee habe ich fünfzehntausend Lire ausgegeben. Wahnsinn.

8. Mai
Ich kann nicht mehr neben einem Mann schlafen, der nach Schweiß und angetrocknetem Urin stinkt. Eines Nachts schmeiße ich ihn mit Gewalt in die volle Badewanne. Die heranrückenden Prüfungen machen ihn immer mürrischer. Er hat wieder angefangen, die Nahrung zu verweigern. Komisch ist nur, er wird davon nicht dünner, sondern dicker. Er hat einen Bauch.

18. Mai
Gestern nacht habe ich gewartet, bis er eingeschlafen war. Dann habe ich ihn ganz ganz vorsichtig ausgezogen. Dann habe ich ihn abgewaschen, mit einem nassen Schwamm und Seife. Ich glaube, irgendwann ist er wach geworden. Aber er hat die Augen nicht aufgemacht. Er ist liegen geblieben, so breitbeinig, und hat irgendwie verloren ausgesehen. Ich habe ihn gewaschen und abgetrocknet, ohne das Bett naß zu machen. Keine Ahnung, wie ich das geschafft habe. Er hatte an den ganzen Beinen Dreckkrusten, und die Schamhaare waren fettig verklebt.

3. Juni
Alle fünf oder sechs Tage stehe ich nachts auf und wasche meinen Ehemann. Er stellt sich schlafend. Ich schiebe ihm ein Handtuch unter den Körper, stelle eine Schüssel mit warmem Wasser daneben, und dann seife ich ihn mit dem Schwamm ein. An seinem Atem merke ich, es gefällt ihm. Einmal hat er sogar eine Erektion gekriegt. Ich habe gedacht, daß er vielleicht Lust hat zu vögeln. Aber es ist nichts passiert. Er hat sich weiter schlafend gestellt. Tagsüber behandelt er mich wie immer. Er hat nie etwas über die nächtlichen Waschungen gesagt, und er hat auch nie durchblicken lassen, daß er mit mir schlafen will.

8. Juni
Die Prüfungen rücken näher. Giulio ißt und schläft nicht mehr. Ich kann ihn auch nicht mehr waschen. Tag und Nacht sitzt er am Schreibtisch und lernt.

16. Juni
Candido hat noch ein Bild verkauft, für sechzigtausend Lire. An einen Restaurantbesitzer. Motiv des Bildes ist ein Teller mit Zwiebeln vor dem Hintergrund einer kantigen Kuh.

20. Juni
Es ist soweit. Die Prüfungen haben angefangen. Giulio hat Fieber. Ich sehe es an seinen flackernden Augen und den roten Flecken in seinem Gesicht. Er sagt, übermorgen geht er in die Universität.

25. Juni
Er hat sich in Schale geworfen. Er hat sich sogar die Haare gewaschen. Das Bad sah danach aus wie ein Schweinestall. Er hat die Bücher und die Hefte genommen und ist weggegangen. Um zwei kam er wieder mit Leichenbittermiene. Hast du die Prüfung gemacht? Er hat ja gesagt. Aber mir war klar, es stimmte nicht. Er will mich jetzt auch bescheißen, genau wie seinen Vater. Er hat sich an den Tisch gesetzt, aber nichts gegessen. Als ich um halb sieben aus dem Büro kam, war er auf dem Küchentisch eingeschlafen.

3. Juli
Ein Brief vom Vater. Er sagt, er kommt, um die bestandenen Prüfungen zu feiern. Giulio hat sofort auf die Möbel eingetreten, auf die Stühle und aufs Bett. Er hat die ganze Einrichtung durch die Gegend geschmissen. Dann ist er auf dem Klo eingeschlafen. Sein Gesicht war verkrustet von Zornestränen.

7. Juli
Giulio hat seinem Vater ein Telegramm geschickt, er solle nicht kommen, es gehe ihm schlecht. Ergebnis: Einen Tag später klingelt es an der Tür. Er.

15. Juli
Giulios Vater wohnt in einem Hotel in der Via Veneto. Jeden Morgen ruft er an. Er hat eine derb-fröhliche und herrische Stimme. Um eins kommt er zu uns mit Cremetörtchen und Wein, der nach Erdbeeren schmeckt. Giulio spielt das Theater weiter. Sagt, im Oktober macht er Examen. Alle anderen Prüfungen habe er schon bestanden. Ich sage nichts. Der Vater glaubt uns, oder er tut jedenfalls so. Aber er kann sich nicht durchringen, abzufahren.

25. Juli
Heute nacht bin aufgewacht und habe gefroren. Ich hatte keine Decke. Giulio lag neben mir und sah wieder verloren aus, wie immer. Mir war klar, er wollte den Schwamm. Ich bin aufgestanden, habe Wasser in die Schüssel gegossen und angefangen, ihn zu waschen. Ab und zu beobachtete ich sein Gesicht. Er hat die Augen nicht aufgemacht, aber er sah irgendwie zufrieden aus. Seine gelbliche Haut war leicht verschwitzt. Seine grauen Lippen gespannt und glänzend. Ich war müde, aber ich habe weitergemacht, bis meine Arme sich schwer wie Blei anfühlten.

13. August
Candido macht immer noch Bilder. Aber keiner kauft sie ihm ab. Ich mußte ihm zehntausend Lire leihen, weil er seit drei Tagen nichts gegessen hatte. Er hat einen steifen Rücken von der Feuchtigkeit. Er jammert und greint und meckert. Plötzlich vergeht ihm die Lust, und er fängt wieder an rumzualbern. Vorgestern hat er sich, um mich zum Lachen zu bringen, den Hintern grün angestrichen. Dann

hat er sich aufs Bett gesetzt und einen großen herzförmigen Fleck hinterlassen. Zur Zeit malt er wie wild Zwiebeln. Überall sind welche: auf dem Fußboden, an den Wänden, auf der Staffelei, auf der Fensterbank, am Ofen.

16. August
Giulios Vater ist immer noch in Rom. Schmiedet große Pläne für die Zukunft. Im Moment sucht er eine Stelle für Giulio, für nächstes Jahr, wenn er fertig ist. Er hat noch immer nichts kapiert. Oder er tut so. Keine Ahnung. Diese Heuchler, Vater und Sohn, man weiß nie, woran man mit ihnen ist.

22. August
Gestern haben wir zu Hause gegessen. Giulios Vater war auch da. Nach dem Kaffee hat Giulio gesagt, er muß ein Buch kaufen gehen. Er ist nicht wiedergekommen. Gegen Abend ist mein Schwiegervater zur Polizei gegangen. Dann haben wir zusammen die Krankenhäuser abgeklappert. Nichts.

28. August
Von Giulio keine Nachricht. Mein Schwiegervater hängt nur noch am Telefon. Er ist eine Nervensäge erster Güte. Immer ganz in weiß und mit einem Basthut auf dem Kopf. Schwitzt und schwätzt und schwätzt und schwitzt. Ich habe ihm sagen müssen, daß Giulios sämtliche Prüfungen Märchen waren. Er hat gesagt, das wüßte er schon lange. Warum hat er denn dann so ein Brimborium gemacht, der Schwachkopf?

2. September
Man hat Giulios Leiche im Tiber gefunden, auf der Höhe von Magliana. Ich bin nicht zum Identifizieren gegangen. Ich finde es nicht verlockend, ihn so zugerichtet zu sehen.

Ich habe den Vater geschickt. Mit seinem weißen Leinenanzug und seinem Basthut.

8. September
Beerdigung, Blumen, Kirche, Friedhof. Nur wir beide waren da: mein Schwiegervater und ich. Wo sind denn seine Freunde? fragt er. Was denn für Freunde? Giulio hat nie Freunde gehabt, sage ich. Er trägt noch immer denselben weißen Anzug, der mir auf die Nerven geht. Und den Basthut mit dem schwarzen Seidenband. Ich hoffe, er fährt jetzt endlich zurück in sein Dorf. Wenn ich ihn bloß sehe, kriege ich Bauchschmerzen.

30. Oktober
Candido ist zu mir gezogen. Er hält mich bei Laune. Er läuft nackt durch die Wohnung und versetzt die Nachbarinnen in Angst und Schrecken; er streicht meine sämtlichen Möbel rot und gelb; er kocht arabisch und chinesisch und verräuchert mir die ganze Wohnung damit. Wenn er zum Malen keine Lust mehr hat, hockt er sich in eine Flurecke und trommelt auf einem Kochtopf herum. Das geht bis in die Nacht.

8. November
Wir haben geheiratet. Er ganz in schwarz und ich in kanariengelb. Danach sind Candidos Freunde alle in meine Wohnung gekommen. So an die dreißig. Alles Maler ohne einen Pfennig Geld und ein paar arbeitslose Schauspieler. Bis drei Uhr nachts haben wir Käsebrötchen gegessen und Bier getrunken. Um drei sind alle zusammen gegangen und haben mir die Wohnung wie einen Schweinestall hinterlassen. Einer hatte sogar in den Teller gepinkelt.

3. Dezember
Wir vögeln viel. Wenn Candido so gut malen könnte wie er vögelt, dann wäre er ein großer Maler. Er hat den schönsten

Schwanz, den ich je gesehen habe. Mit lauter roten Löckchen drumherum. Ein Glück, daß er keine Zwiebeln mehr malt. Jetzt malt er Tote. Erhängte, Gevierteilte, Erfrorene, Vergiftete, Erstochene, Erwürgte.

25. Dezember
Weihnachten. Letztes Jahr um diese Zeit war ich mit Giulio in der Wohnung verbarrikadiert. Dieses Jahr bin ich dauernd unterwegs. Heute abend gehen wir zu Nando, einem kleinen dünnen Schauspieler, der auf Schwulenrollen spezialisiert ist. Morgen abend gehen wir zu Telemaco, einem Maler, der große goldenen Bilder malt. Silvester sind wir bei Estera, einer Schnulzenschauspielerin mit langen blonden Perücken bis zur Taille, die nie lacht, weil sie kaputte Zähne hat.

2. Januar
Wieder ist ein Jahr um. Entschwunden wie eine Maus. Candido ist ganz euphorisch. Er sagt, dieses Jahr verdient er einen Haufen Geld mit seinen Totenbildern. Hoffentlich. Silvester bei Estera waren alle besoffen. Haben alles vollgekotzt. Einer hat mir sogar auf den Fuß gekotzt. Candido hat wenigstens gewartet, bis er auf der Straße war. Gegen zwei hat es angefangen zu schneien.

18. Januar
Ich komme nach Hause und sehe Candido auf dem Küchentisch mit Estera vögeln. Bin stinksauer geworden. Habe ihn zusammengeschissen. Er hat gesagt, Eifersucht sei was für Dummköpfe. Mir scheißegal, ob das stimmt. Ich jedenfalls bin eifersüchtig. Er hat die Kleine am Arm gepackt und ist abgehauen.

22. Januar
Seit zwei Tagen ist Candido nicht mehr zu Hause gewesen. Ich denke allmählich, ich war eine blöde Kuh, daß ich ihn geheiratet habe. Ich weiß nicht einmal, ob ich ihn gern habe. Nur weil er gut vögeln kann. Ich blöde Kuh!

28. Januar
Candido ist wieder da. Er hat gesagt, Estera ist ein Miststück. Das hätte ich ihm vorher sagen können. Er hat gesagt, er will mit der nichts mehr zu tun haben. Wir haben sofort gevögelt, so wie wir waren, angezogen.

4. Februar
Candido hat wieder angefangen zu malen. Er hat alle Freunde ausgesperrt. Hängt den ganzen Tag über den Bildern und malt. Abends vögeln wir, und dann gehen wir ins Bett.

6. März
Candido malt nicht mehr. Er hat die Nase voll von Toten. Hockt den ganzen Tag auf dem Fußboden und trommelt auf dem Topf herum. Das wird irgendwie unangenehm enden, da bin ich sicher.

17. März
Estera ist wieder da. Habe beide zusammen im Bett erwischt, sie waren Arm in Arm eingeschlafen. Ich habe sie aus dem Bett geschmissen und vor die Tür gesetzt. Candido hat rumgebrüllt, ich sei ein Miststück. Die wahre Ehe sei das hier, Freiheit und Liebe. Was kratzt mich die Freiheit. Wenn ich mal jemanden streichele, dann frißt er mich gleich auf. Er ist ein dreckiger Egoist.

7. April

Candido ist wieder da. Wir haben gevögelt. Aber es ist aus. Ich fühle weder Liebe, noch habe ich Lust auf ihn. Jetzt gefällt mir Amedeo, ein Typ, den ich mal bei Estera gesehen habe und der sich für einen Schauspieler hält. Er ist jung und mager wie eine eingesalzene Sardine. Er hat gelbe Augen, tolle Wangen, schwarze Haare, grüne Lippen und große Lust zu vögeln.

PLATOS BAUM

Ich habe kein Gedächtnis. Aber dafür bin ich sehr gewissenhaft und pingelig. Ich habe immer Tagebuch geführt, um meinem Leben eine Ordnung zu geben, denn es neigt dazu, wie Wasser in der Sonne zu verdunsten; ich habe minutiös alle Fakten aufgelistet, die meine Tage füllen.

Vor ein paar Abenden allerdings, als ich wie gewöhnlich das Heft aufschlug, um aufzuschreiben, was ich tagsüber gemacht hatte, habe ich zwei leere Seiten gefunden.

Ich war ganz durcheinander, denn es ist mir seit meinem fünfzehnten Lebensjahr nie passiert, einen Tag auszulassen. Abgesehen von dem einen Mal, als ich an einem Magengeschwür operiert wurde und eine Woche lang nicht schreiben konnte.

Die Tage vierter und fünfter September fehlten vollkommen: Es waren weiße Seiten. Ich habe sofort mein Gedächtnis in Gang gesetzt und herauszufinden versucht, was da passiert sein könnte. Aber wie ich schon gesagt habe, mein Gedächtnis ist so brüchig, daß es nichts behält, und wenn ich es noch so sehr ins Verhör nehme, es bleibt stumm.

In diesem Zusammenhang steht auf der ersten Seite meines Tagebuchs: »Auf Anraten von Milena ein eigenartiges Buch gelesen: Platos Dialoge. Langweiliger geht's nicht. Ich hätte es nie zu Ende gelesen, wenn ich nicht irgendwann eine Bemerkung gefunden hätte, die sich anscheinend direkt auf mich bezog. Sokrates sagt, daß das Gedächtnis auf zwei Arten beschaffen sein kann: wie ein Stein, der, wenn er einmal behauen ist, immer so bleibt; oder wie ein Baum mit lauter Vögeln darauf: beim ersten Windstoß oder beim ersten Tropfen fliegen die Erinnerungen davon, und der Baum ist nackt. Es gibt keinen Zweifel, daß mein Gedächtnis von diesem Typ ist. Meine Erinnerungen sind flüchtig und unabhängig wie diese Vögel von Platon.«

Ich habe ganz langsam die zwei Tage vor dem vierten September durchgelesen, um eine Lösung für das Rätsel zu finden, aber ich habe sie nicht gefunden.

Die Seite dritter September ist eng beschrieben und voller Flecke. Ich schreibe sie hier noch einmal ab, damit sie lesbar wird. Also: »Dritter September, acht Uhr. Diskussion mit Carmelo wegen einer Seife, die ich angeblich die ganze Nacht im Wasser liegen lassen habe und die sich deshalb aufgelöst hat. Der Streit war schnell zu Ende, weil wir unterbrochen wurden vom Dauerhupen unten auf der Straße. Ich bin sofort nach unten gerannt, ohne ihm auf Wiedersehen zu sagen. Giacinta wartete schon, sie war ungeduldig und trat dauernd wütend auf das Gaspedal. Sie hatte furchtbar schlechte Laune. Wir fuhren ins Büro, ohne ein Wort zu wechseln. Sie fuhr ruppig und aggressiv. Irgendwann bekam ich Angst, daß wir gleich gegen einen Lastwagen knallen. Zehn Uhr. Im Büro ist es furchtbar heiß: die Klimaanlage ist kaputt. Martelli hat mir einen neuen Kugelschreiber geschenkt. Ich habe mich bedankt. Ich dachte: ›Der ist ja sehr nett. Vielleicht liebt er mich.‹ Aber dann habe ich entdeckt, daß er mir den Kugelschreiber nur geschenkt hat, weil er nicht funktioniert. Jedesmal, wenn man ihn in die Tasche steckt, kommt Tinte raus.

Ein Uhr: Ich gehe nach Hause. Mit Carmelo weitergestritten. Immer noch wegen der Seife. Er sagt, ich habe das extra gemacht, als Provokation. Das stimmt natürlich nicht. Ich hatte nicht einmal gemerkt, daß die Seife ins Wasser gefallen war. Wir haben uns zu Tisch gesetzt. Er hat erst ein Stück von dem Suppenfleisch von gestern gegessen, und dann hat er den Teller auf die Erde geschmissen. Er sagt, es sei zäh. Kein Wunder, denn gutes Suppenfleisch kostet dreitausend Lire das Kilo, und das, das ich kaufe, nur tausenddreihundert. Er hat gesagt, er kann das nicht kauen, es bleibt in den Zähnen hängen. Ich sage, dann soll er eben zum Zahnarzt gehen. Er sagt, für den Zahnarzt haben wir kein Geld. Ich sage, wenn wir kein Geld haben, dann ist es seine Schuld; er wollte ja zwei Familien haben, dann soll er auch sehen, wie er sie unterhalten kann! Er sagt, ich sei eine Idiotin.

Ich hatte meine Portion Suppenfleisch noch nicht zu Ende gegessen, da hat Giacinta schon wieder gehupt wie verrückt, und ich mußte los, mit dem Bissen im Hals und ohne Nachtisch. Carmelo hat aus dem Fenster geguckt. Ich habe gesehen, wie er sich hinausgelehnt hat. Ich bin sicher, er wollte kontrollieren, ob ich wirklich weg bin, damit er schnell Tina anrufen kann.

Sechzehn Uhr. Der Abteilungsleiter hat mich zu sich bestellt. Er sagt, ich bin zu zerstreut, wenn ich so weitermache, muß er mich entlassen. Ich habe gesagt, es ist nicht meine Schuld: Es ist das Gedächtnis, was nicht funktioniert. Zum Schluß hat er gesagt, ich würde nie Karriere machen. Aber das weiß ich selbst. Er sagt, er kann mir keine heiklen Aufträge erteilen, er kann mir bloß die einfachsten Sachen geben, heikle Aufträge nicht, das hat er dreimal wiederholt, und ich mußte mit dem Kopf nicken und durfte nichts sagen. Ich bin zufrieden, wenn er mich nicht rauswirft. Denn mit dem, was Carmelo als Bürobote verdient, können wir natürlich keine zwei Familien ernähren, unsere und die von Tina und den zwei Kindern.

Achtzehn Uhr. Martelli hat mir ein Päckchen mit Schleife in die Hand gedrückt: ›Wie nett, dieser Martelli, kann doch sein, daß er wirklich heimlich in mich verliebt ist.‹ Er hat mich mit seinen hinterlistigen und zärtlichen himmelblauen Augen angesehen. Er hat mich ganz eindringlich angesehen und dann geseufzt. Ich dachte, während ich das Paket aufmachte, er gefällt mir ja sehr, auch wenn er ziemlich fett ist, aber er hat so zarte Haut, und schon dachte ich, ich könnte ihn lieben, wie ich noch nie im Leben jemanden geliebt habe, und dann dachte ich, wir würden Zimmer in Hotels nehmen und einfach aus dem Büro gehen und uns stundenlang streicheln und küssen. Der Gedanke an seinen weißen und fetten Körper auf mir schreckte mich, aber gleichzeitig gefiel er mir auch.

Ich war so erregt, daß ich den Knoten, den ich in den Fingern hatte, nicht aufbekam. Also habe ich eine Schere genommen und ihn durchgeschnitten. Ich habe das Päckchen ausgepackt, und mitten in dem ganzen Papierberg, was finde ich ... das kann man sich gar nicht vorstellen ... ein Gummiphallus, riesengroß. Ich glaube, ich bin rot geworden bis über beide Ohren. Das ganze Büro stand dabei und sah mir zu, der Abteilungsleiter eingeschlossen. Und Martelli war weg. Alle haben sich gebogen vor Lachen. Dann ist Martelli wieder aufgetaucht und hat auch gelacht. Sein Gesicht war ganz verknautscht vor Lachen, und in seinen himmelblauen Augen standen die Tränen.

Es ist merkwürdig, daß ich keine Wut auf ihn verspürte. Er stand dicht neben mir, und ich spürte, wie sein Bauch an meiner Schulter zuckte, kleine Schüttelkrämpfe, und ich wußte nicht, was ich machen sollte. Zum Glück ist den anderen etwas eingefallen. Der Abteilungsleiter hat den Phallus beschlagnahmt, um ›solche Schweinereien zu beseitigen‹, hat er gesagt, aber die anderen haben sofort gelästert, er wollte ihn sich bloß mal genau aus der Nähe angucken, und deshalb hätte er ihn in sein Zimmer mitgenommen. Martelli hat ein paar dicke Klapse auf den Bauch bekommen, und mich hatten sie sofort vergessen, zum Glück: Der Held war er. Sie sagten, es sei unheimlich mutig von ihm, so ein Ding mit ins Büro zu bringen.

Zwanzig Uhr. Zu Hause, allein, Carmelo ist noch nicht zurück, wahrscheinlich ist er bei Tina. Ich habe noch einmal über Martelli und sein großes Gummiglied nachgedacht. Ich weiß nicht, was ich von dem Scherz halten soll: Ist es eine Einladung? Eine Beleidigung? Eine Liebeserklärung? Eine unanständige Anspielung? Eine Kinderei? Ich bin gespannt auf sein Gesicht morgen.

Einundzwanzig Uhr. Carmelo ist zurück. Er fing wieder an mit dieser Seifengeschichte. Ich hatte gar nicht mehr daran gedacht. Ich begriff erst gar nicht, wovon er redete. Ich fragte ihn nach Tina, bloß um das Thema zu wechseln. Er sagte, ich solle mich um meinen eigenen Kram kümmern. Wir haben schweigend zu Abend gegessen. Mitten im Essen hat er angefangen zu meckern, die Bohnen seien kalt, das Brot sei hart, und die Eier seien nicht frisch. Ich habe ihm gesagt, wir haben ja auch kein Geld für besseres Essen. Und außerdem habe ich keine Zeit. Ich arbeite genauso wie er. Er hat überhaupt nichts mehr gesagt.

Um ihn zum Lachen zu bringen, habe ich ihm vom Streich meines Kollegen Martelli erzählt. Ich hatte den Kopf über den Teller gebeugt, als ich plötzlich einen Stich auf dem Handrücken spürte. Ich sah hoch. Carmelo hatte versucht, mir eine Gabel ins Fleisch zu rammen. Ich habe die blutende Hand weggezogen und mich unter den Tisch geflüchtet. Er hat angefangen zu schreien: ›Hure‹, ›Hure‹, und gegen die Wand getreten. Dann ist er türknallend gegangen.

Vierundzwanzig Uhr. Ich habe schon geschlafen, als ich spürte, wie Carmelo ein Bein zwischen meine Beine schob und mit der Zunge an meinem Ohr leckte. Wir haben miteinander geschlafen. Wir hatten es seit drei Monaten nicht mehr gemacht. Als wir fertig waren, blieb er auf mir liegen und entschuldigte sich wegen des Gabelstichs auf der Hand. Ich habe ihm gesagt, ich hätte es schon vergessen. Er sagt, nein, er sei eine Bestie, und ich müsse ihm sagen: ›Ich verzeihe dir von ganzem Herzen.‹ Ich sage, daß ich ihm verzeihe. Er hat darauf bestanden, daß ich auch ›von ganzem Herzen‹ sage. Ich habe es getan. Er sagt, er sei zur Zeit ein bißchen nervös. Ich frage, ob es wegen Tina oder den Kindern sei. Er sagt, nein, Tina und den Kindern gehe es gut; aber er sei trotzdem nervös. Also frage ich ihn, ob er nervös ist, weil wir kein Geld haben. Nein, sagt er, nicht deswegen. Ich sage, wenn er gehen will, um mit Tina zusammenzuleben, ich würde ihn nicht aufhalten. Er hat angefangen zu schreien, ich sei seine Ehefrau und wir müßten das ganze Leben zusammenbleiben, was auch immer geschieht. Er hat wieder angefangen, mich zu küssen. Dann ist er eingeschlafen, immer noch auf mir drauf.«

So, das war der dritte September. Und der vierte und der fünfte? Keine Ahnung. Ich kann mich an nichts erinnern. Ich meine, ich hätte sie verbracht wie die anderen, dasselbe gemacht, dasselbe erlebt. Aber vielleicht ja auch nicht. Wenn ich das Übliche gemacht hätte, hätte ich es doch eingetragen. Statt dessen sind da diese zwei weißen Seiten und sagen mir, da ist etwas passiert, was ich nicht aufschreiben mochte oder konnte. Aber was?

Ich habe so viel darüber nachgedacht, daß mir die Gesichtsmuskeln weh taten. Ich habe versucht, mich zu konzentrieren, mich zu erinnern. Aber mein Gedächtnis wird, je mehr ich es zwinge, desto leerer. Nur manchmal, wenn ich ganz untätig und abwesend bin, kann es passieren, daß ich eine Erinnerung wiedererlebe; die Vergangenheit fällt auf mich drauf wie ein Sack voll Kartoffeln und nimmt mir den Atem.

Deshalb habe ich mich gehen lassen, ich habe versucht, mich zu zerstreuen, an nichts zu denken, nichts wachzurufen, mich mit irgend etwas anderem zu beschäftigen. Aber das hat auch nicht genützt. Erschreckt wie die Vögel von Platons Baum waren meine Erinnerungen davongeflogen, und sie würden auch wer weiß wann nicht zurückkehren, je nachdem, wie es ihnen gerade gefiel.

Ich war niedergeschlagen. Vor lauter Traurigkeit konnte ich nicht einmal mehr sehen. Ich war blind vor Angst. Ich mußte im Büro anrufen und sagen, es gehe mir schlecht, und ich müsse zu Hause bleiben. Ich habe den ganzen Tag auf einem Stuhl gesessen und die Wand vor mir angestarrt. Gegen acht hat es an der Tür geläutet. Mit verschleiertem Blick bin ich tastend in den Flur gegangen. Ich habe die Tür aufgemacht, ich dachte, es wäre Carmelo. Aber er war es nicht. Ich hörte eine fremde Stimme, die mich fragte, ob ich ein Waschmittel kaufen will. Ich habe nein gesagt und schnell die Tür wieder zugemacht.

Erst in diesem Augenblick habe ich Carmelos Abwesenheit bemerkt: Er war weder zum Frühstück noch zum Abendessen zurückgekommen. Ich dachte, er ist bestimmt bei Tina und den Kindern. Aber warum kommt er nicht zurück? Diese Frage führte mich zu anderen Fragen, die irgendwie mit meinen zwei unbeschriebenen Tagen zu tun hatten.

Je mehr ich meinen Kopf in die Mangel nahm, desto schmerzhafter wand sich mein Gehirn und verstummte schließlich, ohne daß auch nur ein Tröpfchen Klarheit durchgesickert wäre.

Ich habe mich wieder auf den Stuhl gesetzt und auf die Wand vor mir gestarrt. Es ist merkwürdig, daß mich in diesem Moment, obwohl ich fast blind war, nicht die Blindheit erschreckte, sondern die Leere dieser beiden Tage. Diese beiden weißen Seiten in einem vollgeschriebenen Heft voller Fakten erzeugten eine lästige Unordnung. Sie hatten etwas Absurdes und Beunruhigendes, das mir plötzlich vorführte, wie ungeordnet mein Leben in Wirklichkeit war, wie sehr dem Zufall und dem Unbewußten ausgeliefert.

Ich saß eine ganze Nacht lang auf diesem Stuhl, tatenlos, blind, von Panik ergriffen. Aus meinem Kopf kam nichts, nicht einmal ein Krümelchen aus dieser Vergangenheit, die ich unbedingt zusammensetzen und erkennen wollte.

Am nächsten Morgen, als ich spürte, wie die Sonne warm auf meine Beine schien, bin ich aufgestanden und ins

Schlafzimmer gegangen, ganz mechanisch und mit dem Plan, das Bett zu machen, aber es war gemacht.

Mein getrübter Blick blieb an einer Unregelmäßigkeit hängen: Eine Schranktür stand offen. Ich ging hin, um sie zu schließen, und sah zwischen den aufgehängten Kleidern etwas Weißes, Glänzendes hindurchschimmern. Ich öffnete die andere Schranktür, beugte mich hinein und wollte wissen, was das war.

Ich brauchte ziemlich lange, bis mir klar wurde, daß das, was da vor mir lag, Carmelos toter Körper war, zusammengekauert, die Beine angezogen, wie im Bauch seiner Mutter.

Ich bin umgefallen. Ich bin wie betäubt liegengeblieben und habe in meinem Gedächtnis gewühlt, keuchend und immer hastiger, auf der Suche nach einem Zeichen, einem Hinweis, der mir die Vergangenheit erklärte.

Carmelo war tot. Aber wie war das passiert? Ich war sicher, die zwei weißen Seiten wollten genau das verschweigen. Aber so sehr ich mich auch anstrengte, ich schaffte es nicht, ich schaffte es einfach nicht, mich an irgend etwas zu erinnern. Ich habe die Polizei angerufen. Ein Haufen Leute sind mit schweren Schuhen durch die Wohnung getrampelt, sie haben laut geredet, Anweisungen gegeben, Fragen gestellt, alles vermessen und Spuren gesichert. Die Leiche haben sie sofort mitgenommen.

Inzwischen hatte ich meine Sehkraft wieder. Ich fühlte mich besser, weil ich das Gesicht von dem, der vor mir stand und Fragen stellte, erkennen konnte. Aber mein Kopf war weiter leer wie eine leere Schachtel. Der Kommissar hat gesagt, es handele sich um Selbstmord: Carmelo hat den Kopf in eine Plastiktüte gesteckt und ist erstickt.

Bei der Beerdigung habe ich Tina und die Kinder gesehen, alle in Schwarz. Die beiden Kinder sehen aus wie Carmelo: Sie sind schmal und weiß und haben schon leicht hängende Schultern. Tina ist eine kleine, fette und abgewirtschaftete Frau. Ich weiß gar nicht, was Carmelo an ihr gefunden hat. Die Kinder haben wohlerzogen und ruhig stillgestanden; sie wagten nicht einmal, die blaugefrorenen Beine zu bewegen. Tina ist zu mir gekommen, hat mich umarmt, geküßt und mir den Mantelkragen naßgeheult.

Jetzt ist alles wieder aufgeräumt, und es sieht so aus, als könnte ich zufrieden sein. Aber ich bin es nicht. Irgend etwas beunruhigt mich. Ich weiß, wenn Carmelo sich wirklich umgebracht hätte, hätte ich es ins Tagebuch geschrieben.

Um nichts in der Welt hätte ich versäumt, Tagebuch zu schreiben, das weiß ich aus Erfahrung.

Und deshalb frage ich mich: Hat Carmelo sich wirklich umgebracht, und warum? Oder war zufällig ich es, die ihn umgebracht hat?

Ich finde keine Antwort auf diese Frage. Solange diese zwei Seiten weiß bleiben, fehlt etwas Wesentliches aus meiner Vergangenheit, und ich werde nicht erfahren, ob ich mich für unschuldig halten kann oder nicht.

Ich warte, bis das Heft es mir sagt. Denn eigentlich steckt ja mein ganzes Bewußtsein darin, in diesen Seiten. Nichts in mir könnte besser erzählen als dieses Tagebuch; denn es hat eine Form, und meine Erinnerung hat keine; es besteht aus einer Vergangenheit und einer Gegenwart, und mein Bewußtsein liegt außerhalb der Zeit; es steckt voller Erinnerungen und Beweise, und mein Gedächtnis ist leer und trage.

Eines Tages, da bin ich sicher, wird etwas herauskommen, und dann werde ich frei sein von dieser Angst, die mich am Leben hindert.

MARIA

Wenn ich morgens aufstehe, um zur Arbeit zu gehen, schläft Maria noch. Ich schlüpfe lautlos aus dem Bett, damit sie nicht aufwacht; ich nehme das Häufchen Wäsche, das über dem Stuhl hängt, und ich gehe ins Badezimmer, um mich anzuziehen. Ich ziehe leise die Tür hinter mir zu, ohne daß man sie einschnappen hört, und laufe über den eiskalten Flur. Unsere Wohnung hat keine Zentralheizung; wir haben zwar Gasöfen, aber die haben den Nachteil, jedesmal nur ein Stück Luft zu erwärmen. Deshalb ist die Wohnung aufgeteilt in warme und kalte Zonen, die sich nie miteinander vermischen.

Um neun bin ich im Büro. Die ersten fünf Minuten bin ich betäubt von dem Krach und frage mich, wie ich ihn bloß bis heute ertragen habe. Ich kann mich nicht an ihn gewöhnen. Aber Verwunderung und Lähmung dauern nur die ersten wenigen Minuten. Danach verwandelt sich der Lärm der Werkzeugmaschinen hinter den Glasscheiben in etwas Bekanntes: in das Rauschen eines Wasserfalls, das in regelmäßigen Abständen von einem Trommelwirbel durchbrochen wird. Ich fange an, in den Zetteln herumzukramen, setze die elektrische Lochmaschine in Gang und halte die automatische Rechenmaschine griffbereit.

Mein Büro ist ein Glaswürfel mitten in der riesigen Halle einer Automobilfabrik. Mit mir arbeiten noch fünf andere Leute, drei Männer und zwei Frauen. Seit mehr als sechs Jahren lebe ich jetzt mit ihnen, aber ich kann nicht behaupten, sie zu kennen. Ich rede wenig. Sie unterhalten sich viel, aber ich kann sie nicht verstehen: Der Lärm überdeckt ihre Stimmen. Wenn man sich verständlich machen will, muß man mit dem Mund ganz nahe ans Ohr seines Gesprächspartners gehen, und ich finde nie etwas so bedeutend, daß ich mit meinem Mund an die Brillantineköpfe meiner Arbeitskollegen kommen möchte.

Um zwölf Uhr mittags heult die Sirene. Die Arbeiter hören schlagartig auf. Der Krach läßt nach. Die Stille ist im ersten Augenblick erleichternd, dann wird sie unerträglich. Ich nehme plötzlich vieles, das ich vorher nicht spürte, wahr: daß mir die Augen brennen vom Neonlicht, daß mir die Finger weh tun vom Tippen, daß Schweißgeruch in der schwülen Luft hängt.

Ich hebe den Kopf und sehe mir zum ersten Mal, seit ich die Fabrik betreten habe, die Arbeiter an. Sie wirken, als seien sie froh, daß sie zur Mittagspause in den Hof gehen. Ein paar haben Weinflaschen bei sich, andere haben Blechdosen mit Pastasciutta. Sie gehen an mir vorbei, ohne mich zu sehen. Obwohl der Würfel durchsichtig und hell erleuchtet ist, bleiben sie nie stehen, um hineinzuschauen. Sie sind so an uns gewöhnt, daß es ihnen vorkommt, als gäbe es uns gar nicht.

Ich sehe hinter einem Mädchen her, das geschäftig an mir vorbeigeht, die schwarze Schürze hängt lose über dem kurzen Rock, die kräftigen, muskulösen Beine stecken in rotkarierten Kniestrümpfen. Ich betrachte sie, denn im Gesicht sieht sie Maria ähnlich: Sie hat hervortretende Backenknochen, einen breiten Kiefer, schräge, engstehende Augen und schwarze Augenbrauen; einen leicht mongoloiden Gesichtsausdruck.

Ich stehe auf und ziehe mir den Mantel über. Ich gehe nach draußen. Als ich über den Hof gehe, kann ich das Mädchen nicht finden. Ich sehe mich in der Gruppe von Frauen um, die am Rand der Blumenbeete auf dem Boden sitzen und essen, aber ich entdecke sie nicht. Sie gehört wohl zu denen, die das Gedränge und den Lärm in der Kantine lieber mögen.

Wenn ich nach Hause komme, ist Maria gerade aufgestanden. Die Wohnung ist in Unordnung. Das Schlafzimmer stinkt nach Zigaretten, das Bett ist total zerwühlt, das Bad überschwemmt, die Küche verräuchert und eiskalt.

Ich fange an aufzuräumen. Maria läuft in einem japanischen Morgenrock durch die Wohnung und raucht eine Zigarette nach der anderen. Sie kommt hinter mir her, während ich hastig die Hausarbeit mache, und redet auf mich ein.

Maria hat eine sehr schöne Stimme. Manchmal setzt sie sich, während ich wasche, saubermache, aufräume, im Schlafzimmer auf einen Hocker am Fenster und läßt sich die Sonne auf den Rücken scheinen und redet, als ob ich gar nicht da wäre.

Oft kann ich ihren tiefgründigen, komplizierten Gedankengängen nicht folgen, aber ich versinke dann in ihrer Stimme; sie klingt rein und leicht und melodiös wie ein Vogel.

Wir essen in der Küche. Maria sitzt mir gegenüber und ißt mit Appetit alles, was ich ihr auf den Teller lege. Aber sie merkt gar nicht, was sie ißt, sie achtet nur auf ihre Gedanken; ihr Gesicht bekommt dann diesen zerstreuten, angestrengten Ausdruck, der mir schon vertraut ist.

»Hast du nie darüber nachgedacht, was Liebe zwischen zwei Frauen ist?«

»Nein.«

»Es muß doch einen Grund dafür geben, glaubst du nicht?«

»Ich weiß nicht.«

»Warum sollte ich dich lieben anstatt einen Mann? Warum sollte ich mit dir schlafen anstatt mit einem Mann?«

»Ich weiß nicht. Weil es dir gefällt.«

»Aber warum gefällt es mir?«

»Ich weiß nicht. Weil du mich gern hast.«

»Schön doof. Warum denn?«

»Ich weiß es wirklich nicht.«

»Ich glaube, Männer und Frauen schlafen nicht mehr miteinander, weil sie keine Kinder wollen. Wir sind zu viele.«

»Willst du noch Stockfisch?«

Sie nickt mit dem Kopf. Sie schiebt sich ein großes Stück Stockfisch, von der billigsten Sorte und deshalb sehr fett und faserig, in den Mund, ohne ihn wirklich zu schmecken. Ich sehe es an ihrem Gesicht – und an ihrem Hals, durch den ein Stück nach dem anderen hinuntergewürgt wird.

»Wenn sie von Gewaltlosigkeit reden, kann ich nur lachen. Was machen wir denn anderes, als von morgens bis abends Gewalt anwenden.«

»Ich habe rote Trauben für dich gekauft. Willst du?«

»Wir stehen morgens auf und bringen erst mal dreitausend Kühe um.«

»Kühe?«

»Klar, was glaubst du, wieviel Kühe, Kälber und Lämmer in so einer Stadt jeden Tag abgeschlachtet werden?«

»Was weiß ich?«

»Und du, leidest du nicht unter der Gewalt deiner Chefs?«

»Nein. Sie tun mir nichts.«

»Ich meine doch nicht körperliche Gewalt. Wieviel geben sie dir im Monat?«

»Achtzigtausend Lire.«

»Und weißt du, wieviel sie an deinen achtzigtausend Lire verdienen? Mindestens fünfundzwanzig im Monat. Das ist alles Verdienst, den sie dir klauen.«

»Was soll das denn jetzt?«

»Und wenn sie dich zwingen, in so einem Würfel zu sitzen, in dem ganzen Krach und bei künstlichem Licht, acht Stunden am Tag.«

»Was willst du denn. Ich arbeite, und sie bezahlen mich.«

»Schön doof. Du arbeitest, und sie klauen. Das ist nämlich die Wahrheit. Sie beklauen dich Tag für Tag, Stunde für

Stunde. Und du läßt dich beklauen, du bist sogar noch zufrieden damit. Ist das nicht wahnsinnig?«

Ich fange an zu lachen. Ihr Gesicht ist so ernst und so erbost, daß ich lachen muß. Ich habe keine Lust zu diskutieren, weil ich gleich wieder zur Arbeit muß und mich lieber noch einen Moment aufs Bett legen und ausruhen möchte. Aber Maria will ihre Ausführungen nicht unterbrechen. Sie will, daß ich auf meinem Platz sitzen bleibe, vor ihrer Nase, und ihr antworte, selbst wenn ich ins Blaue rede.

Ich mache Kaffee. Die Espressokanne ist aufgeschraubt, der alte Kaffee ist noch drin, oben drauf zwei Zigarettenkippen.

»Warum steckst du die Kippen in die Kaffeemaschine?«

»Ich will dir mal was sagen. Du hast kein politisches Bewußtsein. Du verzettelst dich im Kleinkram, im Kaffeesatz, im Waschpulver, im Stockfisch, in roten Trauben und schmutziger Bettwäsche. Du denkst nie nach über die Welt, über all das Unrecht. Du weigerst dich, dir über irgend etwas ein Urteil zu bilden. Für dich ist das alles in Ordnung. Du bist schlimmer als ein Tier.«

Wenn sie so etwas sagt, werde ich immer traurig. Ich fühle mich plötzlich müde. Ich habe zu gar nichts mehr Lust. Ich sehe ihr in das harte und schöne Gesicht, es ist so weiß, daß es einem Angst macht.

Ich gehe ins Schlafzimmer, lege mich hin, mache die Augen zu. Einen Augenblick später spüre ich ihre Lippen auf meiner Stirn, meinem Kinn, meinem Mund. Sofort vergeht mir alle Traurigkeit.

Den Nachmittag verbringe ich wieder im Würfel eingesperrt, mit Schreiben und Tippen, an der Lochmaschine und am Telefon. Ab und zu schaue ich aus meinen entzündeten Augen durch die Glasscheiben, die mich vom Rest der Abteilung trennen. Ich sehe gebeugte Rücken, Karosserieteile, die an Seilen hängend vorbeilaufen, schwarze Schürzen, die sich bewegen. Das junge Mädchen mit den muskulösen

Beinen und dem mongoloiden Gesicht arbeitet in einer anderen Abteilung, an einer Presse für Plastikteile. Ich sehe sie nur zur Mittagspause und zum Feierabend. Sie geht an dem Würfel vorbei, ohne sich umzudrehen, und schwenkt dabei eine hellblaue Stofftasche.

Eines Tages empfängt mich Maria wutschnaubend. Was ist denn los? frage ich. Und fange schon an, das Schlafzimmer aufzuräumen. Ich habe gern ein bißchen Bewegung, wenn ich vorher stundenlang stillgesessen habe.

»Du weißt, daß mein Vater Bauer ist.«
»Ja, du hast er mir gesagt.«
»Und daß er in Urbino wohnt.«
»Ja.«
»Aber du weißt nicht, was im Kopf eines Bauern vorgeht, der kein politisches Bewußtsein hat.«
»Dein Vater ist dein Vater. Du mußt ihn gern haben.«
»Erzähl keinen Quatsch! Mein Vater ist ein armer Bauer und müßte eigentlich für die Revolution sein. Statt dessen ist er konservativ, und zwar noch viel konservativer als die Großgrundbesitzer, für die er arbeitet. Verstehst du? Er ist ein dämlicher Egoist, der nur daran denkt, Geld auf die Seite zu schaffen.«
»Aber er ist dein Vater.«
»Ach, scheiß doch drauf!«
»Ein Vater ist ein Vater. Da gibt es gar nichts.«
»Die Väter und die Mütter sind unsere Krankheiten. Man muß sie abtöten.«
»Was ist denn bloß passiert?«
»Mein Vater hat rausgekriegt, daß ich mit dir zusammenlebe, und will mich ins Irrenhaus sperren.«
»Aber warum denn?«
»Ihm ist es lieber, wenn ich für verrückt gehalten werde, als daß ich, wie er es nennt, ›anormal‹ bin.«
»Hast du ihn denn getroffen?«

»Ja, er war heute morgen hier, als du weg warst.«

»Und was hat er gesagt?«

»Er hat gesagt, er schäme sich wegen mir. Und daß sie im Dorf sagen, ich sei anormal, und er hat denen dann erklärt, ich sei verrückt. Und er läßt mich ins Irrenhaus sperren.«

»Wie will er das denn machen?«

»Er hat einen Freund bei der Polizei, und der ist bereit, ihm zu helfen.«

»Aber du bist nicht verrückt. Wer soll denn so was glauben?«

»Mein Vater hat einen Dickkopf.«

Wir haben nicht mehr davon gesprochen. Ihr Vater ist nicht wieder in unsere Wohnung gekommen, und nach drei Monaten dachte ich, daß die Gefahr vorbei sei.

Eines Morgens gehe ich wie üblich zur Arbeit. Ich nehme Platz in dem Würfel. Ich habe einen Haufen Rechnungen zu prüfen und sitze den ganzen Morgen an der Rechenmaschine.

Es ist Samstag. Um viertel vor zwölf sehe ich die Arbeiter vor dem Kassenschalter Schlange stehen, um ihren Lohn abzuholen. Ich warte darauf, das mongoloide Mädchen zu sehen, aber sie ist nicht dabei. Ihre Lohntüte wird von einer Blondine abgeholt, die sagt, sie sei ihre Kusine.

Um zwölf schließe ich meine Schubladen ab, decke die schwarzen Hüllen über die Maschinen und gehe nach Hause. Der Autobus ist dermaßen überfüllt, daß ich an meiner Haltestelle nicht rauskomme: Die Körper bilden eine Mauer vor der Tür, und bevor ich sie erreiche, ist der Busfahrer schon angefahren. Ich muß daher ein Stück zu Fuß gehen, und als ich zu Hause ankomme, ist es schon eins.

Zu Hause ist niemand. Ich denke, Maria ist wohl einkaufen gegangen. Ich warte bis halb drei, um die Zeit müßte ich eigentlich wieder ins Büro. Aber Maria kommt nicht. Ich renne ins Büro. Ich arbeite bis sieben, dann gehe ich nach Hause. Maria ist nicht da.

Zwei Tage später erfahre ich, daß man sie ins Irrenhaus gebracht hat. Ich gehe sie besuchen. Sie ist noch blasser und ernster als sonst.

»Mach dir wegen mir keine Sorgen. Ich komme ganz schnell wieder raus. Alle wissen, daß ich gesund bin.«

»Wann kommst du raus?«

»Bald. Aber was mich zur Weißglut bringt hier, sind nicht die Ärzte.«

»Wer denn?«

»Die Kranken.«

»Warum?«

»Sie lassen alles mit sich machen, was die wollen. Sie protestieren nicht, sie diskutieren nicht, sie organisieren sich nicht. Sie sind wie du, sie kleben an Dingen. Sie leben für die Suppe, für das Stück Fleisch, für den Fernseher.«

»Sie sind krank.«

»Sie haben es aufgegeben, sich ein Urteil zu bilden, genau wie du.«

»Wann wirst du rauskommen?«

»Bald.«

Aber ich darf nicht lange mit ihr sprechen. Die Krankenschwester kommt und schließt die Türen ab. Erst in diesem Moment merke ich, daß ein bestialischer Gestank in dem großen Saal liegt, und mir schnürt sich vor Ekel die Kehle zu.

Eine Woche später will ich sie wieder besuchen. Man sagt mir, sie sei weg. Ich will gerade zufrieden nach Hause gehen, da kommt ein dicker, blonder Junge auf mich zu und erzählt mir, Maria habe sich umgebracht.

Sofort danach bricht er in ein schauriges, blödes Gelächter aus. Ich weiß nicht, ob ich ihm glauben soll. Aber dann sehe ich an der Art, wie die Schwester ihn am Arm packt und anschnauzt und wegzieht, daß es stimmt.

DIE HÄNDE

November: Mittwoch
Pellkartoffeln und hartgekochte Eier. Die Woche ist erst halb vorbei, und es ist keine Lira mehr im Haus. Heute nacht habe ich von einem Truthahn geträumt, er ist flügelschlagend durch die Gegend gerannt. Dann ist ihm der Bauch aufgegangen und lauter Kastanien sind vom Himmel heruntergekommen. Ich habe den Mund aufgesperrt, konnte aber nicht eine erwischen. Nachdem ich eine halbe Stunde mit offenem Mund dagestanden hatte und mir die Kinnlade schon weh tat, habe ich eine zwischen die Zähne gekriegt. Es war ein Kügelchen Scheiße.

Freitag
Würfelbrühe, die nach nichts schmeckt. Suppennudeln. Was anderes ist nicht im Haus. Tano sagt, er braucht Fett, es ist kalt. Morgen mache ich ihm Kutteln mit Tomatensoße. Giorgio sagt, Tano ist ein Trottel. Tano sagt, Giorgio geht ihm auf die Eier. Dann ruft Marta an: Gehen wir ins Kino? Ich weiß nicht, was sie will. Aber irgendwas will sie bestimmt.

Sonnabend
Lohn. Ich habe Hammel und Kutteln für Tano gekauft. Metzger, Bäcker, Strom und Gas bezahlt, bleiben mir nur noch zweitausend Lire. Die müssen reichen bis nächsten Sonnabend. Marta ruft an: Wo ist Giorgio? Was weiß ich. Ich bin doch nicht sein Kindermädchen. Wahrscheinlich auf Tour mit Tano. Wenigstens ist es in der Fabrik schön warm. Aber stinken tut's auch. Nach fünf Minuten gewöhnt

man sich allerdings dran. Ich müßte eigentlich ein Paar neue Schuhe haben.

Sonntag
Lange geschlafen. Kaum bin ich wach, will Tano schon vögeln. Ich mag aber morgens nicht. Abends, wenn ich Lust habe, dann will er nicht. Braune Bohnen mit Kartoffeln. Ein Stückchen Thunfisch aus der Dose. Tano sagt, er friert. Er will Fleisch mit Fett dran. Ich habe einen Haufen Hemden zu waschen, aber sonntags möchte ich am liebsten nur schlafen. Nach dem Essen wieder ins Bett. Tano ist weggegangen. Ich habe weitergepennt. Ich müßte die Bettwäsche wechseln, sie stinkt.

Mittwoch
Giorgio ruft an, Marta und er heiraten. Wie schön für sie. In der Fabrik Stunk. Sie wollen streiken. Scheiß doch auf Streik! Wo ich gerade gehört habe, wie der Typ von der Arbeitskammer gesagt hat, daß jetzt nicht der richtige Moment für Streiks ist. Daß die alle spinnen. Der Betriebsrat hat ein Flugblatt verteilt. Ich habe es gar nicht erst gelesen.

Freitag
Giorgio ruft an und sagt, Tano ist nicht sein Freund. Sie haben sich gestritten. Wo soll denn wohl auch Freundschaft sein, wenn der eine ein Geschäft hat und der andere arbeitslos ist? Seit drei Tagen essen wir fast nichts. Tano sagt, laß anschreiben, laß anschreiben. Aber wer läßt mich denn noch anschreiben? Der Schlachter hat nein gesagt, ich soll erst mal die Rechnung vom letzten Monat bezahlen.

Sonntag
In der Fabrik haben sie mich mit ihrer Streikgeschichte vollgequatscht. Was wollen die denn überhaupt? Montag

ist Betriebsratssitzung. Und ich kann seit zwei Tagen nicht mehr aufs Klo. Kein Wunder, wenn man wie blöde Kartoffeln ißt.

Dienstag
Ein Brief ist gekommen. Tanos Vater liegt im Sterben. Tano ist nach Kalabrien gefahren. Das Geld für die Reise hat Giorgio ihm geliehen. Wann kommst du wieder? Er sagt, er weiß es nicht. Wer hat denn hier wohl auch zu arbeiten? Er bestimmt nicht. Er sagt, er findet keine Arbeit, wegen der Arbeitslosigkeit. Und er läßt sich solange von der Ehefrau durchfüttern. Gestern habe ich mir dreihundert Gramm Zucchini in heißem Wasser gekocht. Aber immer noch nichts. Mein Bauch ist hart wie eine Trommel.

Mittwoch
Heute morgen endlich auf dem Klo. Es war, als hätte ich mich um Zentner erleichtert. In der Fabrik klappt nichts. Sie können sich nicht einigen. Die Gewerkschaften haben Krach untereinander. Und wir stehen da und gucken zu. Einer hat Streikbrecherin zu mir gesagt. Ich habe gesagt, er kann mich mal. In der Kantine saß er neben mir. Er ist neu, ein blonder Fettwanst. Sechzehn. Und wen sehe ich am Ausgang? Giorgio. Er schenkt mir eine Single. Das Lied heißt: Immer hab ich dich geliebt. Soll das was bedeuten? Wo ich gar keinen Plattenspieler habe. Er hat gesagt, ich kann sie auf seinem hören, im Geschäft. Von Tano keine Nachricht. Keine Ahnung, wann er wiederkommt.

Dezember. Montag
Marta ruft an, sie kommt zum Essen. Aber ich weiß nicht, was ich kochen soll, es ist nichts im Haus. Sie sagt, sie bringt alles mit. Von mir aus. Sie kommt mit Eiern und einer Tube Mayonnaise und drei Brötchen. Was hat sie sich in Unkosten gestürzt! Kurz danach ist Giorgio auch da. Wir

essen zu dritt. Es war schon wenig genug. Nach dem Essen trinken die beiden Sambuca. Ich kann Sambuca nicht ab. Und dann ins Bett. Alle drei natürlich. Ich wußte, es würde darauf hinauslaufen. Aber gebracht hat es mir nichts. Marta ist steif wie ein Stock, und Giorgio muß immer den dicken Mann markieren. Vor Mitternacht habe ich sie rausgeschmissen.

Dienstag
In der Fabrik sind sie immer noch mit ihrem Streikgequassel zugange. Ich find's zum Lachen. Zum Jahresende haue ich sowieso ab. Und wo zum Teufel willst du hin? sagt Tano wieder. Er hat Angst, daß ich die Stelle verliere und ihn nicht mehr durchfüttere. Ich will Maniküre werden. Mit *den* Händen! Ist doch nicht meine Schuld, wenn meine Hände kaputt sind; dann werde ich eben Handschuhe anziehen. Er sagt, für eine Maniküre ist meine Sprache viel zu grob. Und? Scheiß drauf! Maniküren sind ja wohl keine Professorinnen, oder?

Mittwoch
Tano ist wieder da. Er hat sich schwarzgeärgert, weil sein Vater nicht gestorben ist. Was hast du denn gehofft? Du weißt doch genau, er hat auch keinen Pfennig. Tano tobt; er antwortet mir nicht mal. Aber er hat recht: da wird man aus Kalabrien herbeigerufen, weil der Vater stirbt, und dann stimmt es gar nicht. Tano sagt, der Vater hat was gespart. Wieviel denn? Weiß er nicht.

Freitag
In dem Stapel, den ich heute hatte, fehlten sechs Unterlegscheiben. Der Vorarbeiter guckt mich an, als ob ich sie geklaut hätte. Geh zu Lanfranconi, sagt er. Ich geh zu Lanfranconi. Aber das Zeug kommt gar nicht von hier. Wer hat die Bestellung gemacht? Kurz, sie scheuchen mich von

einem Büro ins andere. Zum Schluß lande ich wieder bei Nino, der hat mittlerweile andere Unterlegscheiben gefunden. Ich habe eine dreiviertel Stunde verloren. Die wird mir vom Lohn abgezogen. Diese Arschlöcher!

Samstag

Lohn bekommen. Mit allen Abzügen sind es noch neuntausend Lire. Es heißt, wir seien alle einverstanden gewesen, daß für die Hochzeit der Tochter des Direktors gesammelt wird. Scheiß auf die Tochter vom Direktor! Ich habe nie gesagt, daß ich einverstanden bin. Aber das Geld haben sie mir trotzdem abgezogen. Auf Initiative der Arbeiter. Ein Scheißdreck! Ich muß den Schlachter und den Kaufmann bezahlen, und dann noch die Miete vom letzten Monat. Giorgio ruft an und will wissen, ob Tano wieder wegfährt. Als ob er einfach so wegfahren könnte, bloß weil es dir in den Kram paßt. So ein Idiot! Wenn ich nicht so ungern jemanden um einen Gefallen bitten würde, würde ich ihn ja fragen, ob er mich in sein Geschäft nimmt. Die Fabrik ist nichts für mich. Marta zum Beispiel ist Maniküre. Dabei weiß ich genau, die hat von nichts Ahnung. Was braucht man schon groß zum Maniküren!

Sonntag

Ich habe Hammel mit Zwiebeln gemacht. Tano hat fast alles allein gegessen. Und ich saß da mit meinem Hunger. Dann sind Giorgio und Marta gekommen. Wir haben uns unterhalten, wie man am besten Stockfisch kocht.

Dienstag

Wenn ich aus dem Haus gehe, schläft Tano noch. Er steht erst gegen elf auf und geht auf Tour. Er sagt, er sucht Arbeit. Einen Scheißdreck tut er. Er zieht um die Häuser. Wartet darauf, daß ihn einer anhält und sagt: Verzeihung, aber wollen Sie nicht bei mir arbeiten und einen Haufen

Geld verdienen, ohne groß die Finger zu rühren? Aus Kalabrien nichts Neues. Dieser Vater hat jetzt seit zwei Jahren Krebs, aber er denkt nicht im Traum daran zu sterben. Giorgio hat mich am Fabriktor abgeholt. Was willst du? sage ich. Er schenkt mir schon wieder eine Platte. Wieder ein Liebeslied. Ich weiß genau, was er will.

Donnerstag
Marta ruft an, Giorgio hat verdorbene Krebse gegessen. Er liegt im Bett und hat hohes Fieber. Sein Pech. Er geht einem wirklich auf die Eier. Marta heult.

Freitag
In der Fabrik geht die Zeit rum wie der Blitz. Kaum bin ich reingegangen, muß ich schon wieder raus. Solange ich drin bin, merke ich die Müdigkeit nicht. Aber kaum bin ich draußen, zittern mir die Hände, und mir dreht sich der Kopf, und mir brennen die Augen. Wenn ich nach Hause komme, habe ich zu gar nichts mehr Kraft.

Sonnabend
Nach der Fabrik besuche ich Marta im Geschäft. Sie macht sich Sorgen wegen Giorgio. Es scheint, daß das Fieber weiter steigt. Zum ersten Mal sehe ich, was sie renoviert haben. Alles neue Spiegel, mit Goldrahmen, drei neue Trockenhauben, und dann haben sie jetzt auch noch ein Mädchen, die das Wachs für die Beine der Kundinnen heiß macht. Marta hat nichts an unter dem Kittel. Frierst du nicht? Ach was. Sie denkt dauernd an Giorgio und daß es ihm schlecht geht. Ich nutze das aus und lasse mir umsonst die Haare waschen. Giorgios Schwester guckt mich schief an.

Sonntag
Tano kommt nach Hause mit einem Portemonnai voll Geld. Er sagt, er hat es auf der Straße gefunden, in der Nähe vom

Ariston-Kino. Wer's glaubt, wird selig! Seit unserer Hochzeit war ich nicht einmal im Restaurant. Danach nach Hause und ins Bett. Tano schlägt Krach, weil ich sofort komme; und danach habe ich keine Lust mehr, daß er auf mir rumrutscht. Und er hat keine Zeit, um selber in Fahrt zu kommen.

Dienstag
In der Fabrik ist die Hölle los. Sie haben gestreikt. Und sind gescheitert. Weil sich die Gewerkschaften untereinander nicht einigen konnten. Zwei von der kommunistischen Gewerkschaft sind entlassen worden. Ich habe ja vorher gesagt, sie hätten die Finger davon lassen sollen. Diese Dummköpfe! Erst machen sie auf hart, und wenn sie das erste Mal Schiß kriegen, werden sie ganz klein. Es war kein Geld auf der Kasse. Ja, und? Jeder Arbeiter streikt auf eigene Rechnung. Ja, und? Unser Betriebsrat ist zum Kotzen.

Donnerstag
Giorgio ist wieder im Laden. Er hat angerufen, es geht ihm besser. Wußte ich's doch. Ich hatte auch schon mal eine Vergiftung. So was ist nach drei Tagen vorbei. Wenn man nicht so auf den Hund käme dabei, täte es sogar ganz gut. Marta hat die Haare kurz. Sie sieht ganz anders aus. Gefällt mir nicht. Ich habe es ihr gesagt. Sie hat angefangen zu heulen.

Sonntag
Gestern wieder Lohn. Und heute habe ich schon keine Lira mehr. Auch diese Woche nichts mit Schuhen. Tano war nicht zum Mittagsessen da und zum Abendessen auch nicht. Abends gab es sowieso nur die Tagliatelle von der Frau nebenan. Sie hat sie auf der Zentralheizung trocknen lassen, und sie haben nach Papier geschmeckt.

Dienstag
Schwarzer Tag. Habe so eine Erkältung, daß ich keine Luft kriege. Marta jammert, weil sie Giorgio mit dem Mädchen im Klo erwischt hat, das sie vor einem Monat für die Enthaarung eingestellt hatten. Ich esse nur noch Mangold. Habe ganz billig vier Kilo gekriegt. Jetzt kacke ich immer grün.

Mittwoch
Tano hat wieder Geld auf der Straße gefunden. Diesmal habe ich ihm ins Gesicht gesagt, daß er ein Lügner ist. Du hast es geklaut! Er sagt nein. Erzählt mir einen Haufen dummes Zeug. Aber schön ist das schon, wenn man Geld hat, ohne zu arbeiten. Wir sind wieder essen gegangen und dann ins Kino. Ich habe gehackte Champignons und Wiener Schnitzel mit gedünsteten Bohnen gegessen. Im Kino um die Ecke läuft ein Kriegsfilm. Tano ist eingeschlafen. Zu Hause wollte er sich nicht mal ausziehen, bevor er ins Bett ging. Aber ich habe ihn gezwungen, und dann haben wir eine ganze Stunde ununterbrochen gevögelt. Von dem Mangold ist immer noch was in der Küche. Schon ein bißchen sauer, aber man kann's essen.

Freitag
Der Mangold ist schimmelig geworden. Ich mußte ihn ins Klo werfen. Danach war es verstopft. Giorgio ruft an, er will mich sehen. Was will er denn? Im Geschäft? Nein, sagt er, draußen. Ich gehe hin, nach der Fabrik. Tano ist jetzt nur noch auf Tour, vor zehn kommt er nie nach Hause. Was will dieser Idiot bloß? Noch einen Dreier, mit Marta und ihm. Ich sage nein. Warum denn nicht? Findest du es eklig? Ja. Aber das stimmt gar nicht. Ihn kann ich nicht riechen. Aber gesagt habe ich es ihm nicht, um ihn mir warmzuhalten. Über kurz oder lang kündige ich in der Fabrik und frage ihn, ob er mich als Maniküre in sein Geschäft nimmt. Die

Libelle. Der Name klingt ländlich sittsam. Er hat ihn in einem Krimi gefunden. Ich würde gern in der Libelle arbeiten.

Sonnabend
Marta ist froh. Die Kleine für die Enthaarung ist weg, weil sie eine Stelle gefunden hat, wo sie mehr bezahlen. Sie ruft mich nachts an, um es mir zu sagen. Tano ist wach geworden und hat angefangen zu spucken. Erst hat er mich angespuckt, dann aufs Kissen, dann aufs Telefon. Ich mußte ein anderes Nachthemd anziehen, es war total dreckig. Ich habe einen Verrückten geheiratet.

Sonntag
Habe den ganzen Morgen im Bett gelegen. Nachmittags gewaschen und gebügelt. Scheißsonntag!

Dienstag
Der Blonde, der Streikbrecherin zu mir gesagt hat, setzt sich in der Kantine neben mich. Aber er gefällt mir nicht. Er hat gelbe Zähne. Er redet über Politik. Er ist in der PSIUP. Er hat immer die Zeitung zweimal gefaltet in seinem Arbeitsanzug, und beim Essen liest er. Oder er redet mit mir. Er sagt, die Arbeiter glauben an gar nichts mehr, sind alle bloß noch vergammelte Kleinbürger; sie denken nur an die elektrischen Haushaltsgeräte und die neuen Kleider, die sie sich kaufen wollen. Ich rede gern mit ihm; er ist so engagiert. Aber wenn er mir unter dem Tisch die Hand drückt, schicke ich ihn zum Teufel. Schön sind an ihm bloß die Haare, blond und weich.

Mittwoch
Seit zwei Tagen esse ich nur Pastasciutta und sonst nichts. Das Geld ist alle. Und ich muß noch dreitausend Lire beim Kaufmann und viertausend beim Schlachter bezahlen, dann das Telefon, dann die Milch, na, Mahlzeit.

Donnerstag
Tano ist die ganze Nacht weggeblieben. Keine Spur mehr von ihm. Kommt mir eher vor wie ein Gespenst denn wie ein Ehemann. Er wird auch immer dünner. Nach der Hochzeit hatte er zugenommen; jetzt nimmt er wieder ab. Und sein blödes Gesicht geht mir auch auf den Wecker. Wenn ich mal frage, was er macht oder wo er hingeht, fängt er an zu spucken.

Sonnabend
Lohn bekommen. Und schon wieder keinen Pfennig mehr. In der Fabrik halte ich es nicht mehr aus. Ich rede mit niemandem. Dem Blonden habe ich auch gesagt, er soll mich nicht mehr anmachen. Er war beleidigt und ist abgehauen. Bei der Arbeit denke ich gar nichts; ich arbeite, und Schluß. Ich habe sowieso keine Zeit, was anderes als meine Säurewannen anzugucken. Sowie ich Schluß habe, stürze ich nach Hause. Wenn Tano nicht da ist, esse ich auch nichts. Ich schlürfe ein rohes Ei aus und gehe ins Bett.

Sonntag
Irgendwann möchte ich mal sonntags tanzen gehen. Aber jedesmal habe ich einen Berg Wäsche, der auf mich wartet. Marta ruft an, im Geschäft läuft alles schief. Letzte Nacht hat jemand eingebrochen. Zwei Angestellte sind krank. Giorgio mußte wegen der Miete Wechsel unterschreiben.

Montag
Ich habe Bauchweh. Ich habe es satt, immer Spaghetti mit Tomatenmark zu essen. Es ist sauer und bitter. Außerdem braucht man Fleisch, wenn man arbeiten muß. Giorgio steht am Fabriktor. Was will er? Nichts, er wollte mir nur guten Tag sagen. Wir gehen. Er legt mir den Arm um die Taille. So ein klebriges Subjekt. Ich habe ihm versprochen, daß wir noch mal einen Dreier mit Marta machen. Um ihn

mir warmzuhalten. Der ist imstande und gibt mir die Stelle als Maniküre nicht, bloß wegen so was. Ich kenne ihn.

Mittwoch
Tano ist wieder da, mit einer neuen Jacke, braunes Leder, Lammfellfutter. Wo hast du die denn her? Wenn sie dich schnappen, und du landest im Gefängnis, bist du selber schuld. Es juckt ihn nicht. Er redet jetzt gar nicht mehr. Er spuckt nur noch. Also gut, geh klauen, sage ich, aber dann bring auch regelmäßig Geld ins Haus, damit ich endlich aus der Fabrik rauskomme. Er gibt mir einen Tritt und bricht mir fast das Knie.

Donnerstag
In der Fabrik gehe ich ein. Ich habe schon einen wahnsinnigen Husten, weil ich immer diese Säure einatmen muß. Und dann hat man ständig Lust, sich einzucremen und einzuölen. Die Haut an den Händen pellt sich wie Zwiebelschalen von den Händen. Sie sind geschwollen und zerfressen von der Säure. Handschuhe nützen überhaupt nichts. Die Säure geht unter die Handschuhe, unter die Haut, unter alles. Ich habe gefragt, ob ich in eine andere Abteilung kann. Geht in Ordnung, sagt er, wir können dich versetzen. Und wann? Inzwischen vergeht die Zeit, und ich immer mit dem Kopf in den Dämpfen. Der Husten macht mich fertig. Und die Hände werden auch von Tag zu Tag häßlicher.

Freitag
In Giorgios Wohnung, zum Dreier. Marta fängt sofort an zu greinen, wenn er sie bloß anfaßt. Und ich bin kalt wie Eis, weil ich Giorgio nicht mag. Und Marta auch nicht. Ich bin bald wieder aufgestanden und gegangen. Sie haben sich in den Armen gelegen und es gar nicht gemerkt. Sie benutzen mich, um geil zu werden. Das steckt dahinter. Und ich finde, die sollten sich alle beide in den Arsch ficken. Sie

sind mir unsympathisch. Klar denke ich an die Libelle und an die Arbeit als Maniküre

Sonnabend
Immer derselbe Nerv. Ich haue mir den Bauch mit Nudeln voll. Der Stockfisch ist hart wie ein Brett. Tano kommt nur noch zum Schlafen nach Hause. Ich lasse ihm das kalte Zeug übrig. Aber er ißt es nicht. Er geht wer weiß wo essen. Und ich gehe weiter in die Farbrik wie verblödet. Wo alles schiefläuft und sie mir nicht ums Verrecken eine andere Abteilung geben. Irgendwann nehme ich diese ganzen Säurewannen und schmeiße sie ihnen an den Kopf. Es heißt, ich bin mürrisch, ich rede nicht, ich freunde mich mit niemandem an, ich setze mich nicht ein für die Rechte der Arbeiter. Ach, scheiß doch auf die Arbeiter! Ich bin keine Arbeiterin. Ich haue ab zum Jahresende. Ich werde Maniküre, wie Marta.

Sonntag
Tano kam nach Hause und war so aufgekratzt, wie ich ihn schon lange nicht mehr gesehen habe. Drückt mir einen Zehntausendlireschein in die Hand. Wir gehen sofort ins Restaurant. Zarter Schinken und Oliven, Fettuccine al ragù, Milchlamm mit eingelegten Perlzwiebeln, Radicchio, Cacciottakäse, Crème Caramel, Bananen, getrocknete Feigen und Kaffee. Dazu ein Liter lieblichen, schäumenden Rotwein. Von neun bis Mitternacht getafelt. Ich konnte nicht mehr. Zum Schluß mußte ich rülpsen, und weil mir das Essen bis zum Hals stand, ist mir wieder ein Stück Lamm hochgekommen. Dann sofort ins Bett. Aber nichts mit Liebe. Tano hat schon auf dem Klo angefangen zu schnarchen.

Donnerstag
Seit zwei Tagen läßt Tano sich nicht mehr blicken. Marta ruft an und heult. Ich weiß nicht, was Giorgio macht; er hat wohl andere Sachen im Kopf. In zwei Tagen ist der erste Wechsel fällig, und sie haben das Geld nicht. Marta sagt, sie leiht es sich von ihrer Mutter. Laß dich nicht ausnutzen, sag ich ihr, das ist sein Laden; du bist doch nicht mit ihm verheiratet. Und sie heult. Sie ist eine dumme Gans, sie denkt immer nur an Liebe.

Freitag
Von Tano nichts gehört. Marta sagt: Ruf bei der Polizei an! Aber ich denke nicht dran. Wenn was passiert ist, kommt es sowieso raus.

Sonnabend
Gut gegessen heute abend, allein. Ein Steak, so groß wie meine flache Hand. Aufgewärmten Spinat und Mozzarella. Tano ist auch heute nacht nicht zurückgekommen.

Sonntag
Mit Giorgio und Marta aufs Land. Nach Sacrofano, Wild essen. Hasenragout. Dann gebackenes Bries und Coppa, eingerieben mit Knoblauch und Peperoncino. Dann geschnetzelte Champignons und Sahnetorte mit roten Kirschen, die die Sahne verfärbten. Und die beiden immer am Knutschen. Ich habe zugesehen, daß sie mir vom Leibe bleiben. Ich habe gegessen und Schluß. Morgen kaufe ich mir vom Rest Lohn ein Paar neue Schuhe.

Montag
Marta hat sich das Geld von ihrer Mutter schicken lassen. Und Giorgio hat den Wechsel bezahlt. Jetzt macht er auf lieb. Nachdem er ihr das Gesparte von ihrer Mutter abgenommen hat. Er sagt, das Geschäft läuft besser. Sie haben

die kaputten Sachen in Ordnung gebracht. Kundinnen kommen auch viele.

Mittwoch
Tano sitzt im Gefängnis. Er hat es mir durch einen Polizisten ausrichten lassen. Er hat wohl ein Stoffgeschäft ausgeräumt, und jetzt wollen sie ihm sechs Jahre geben. Und prompt sind Giorgio und Marta abends da. Aber diesmal können sie sich auf den Kopf stellen. Mit denen laß ich mich nicht mehr ein. Nicht mal als Leiche. Giorgio bringt mir eine Platte mit. Er soll sich zum Teufel scheren mit seinen Platten und mit seiner Marta. Er sagt, er kommt nur mit zwei Frauen auf einmal. Na und, geht mich einen Scheißdreck an. Marta sucht die Sambuca. Aber die ist alle. Den Rest hat sie weggeschluckt. Um elf schmeiße ich sie raus. Ich bin müde. Wer steht denn morgens um fünf wieder auf? Die doch nicht, die gehen nach neun erst ins Geschäft.

Donnerstag
Ich gehe Tano besuchen. Kaum sieht er mich auf der anderen Seite des Gitters, fängt er an zu spucken. Ich nehme meinen Kram und gehe. Er ruft hinter mir her. Ich drehe mich um. Er gibt mir den Namen von einem Rechtsanwalt, der angeblich Wunder vollbringt. Dann: Ciao. An der Tür treffe ich Giorgio und Marta. Er sagt, sie heiraten. Um so besser. Sie wollen Tano guten Tag sagen, aber es ist schon zu spät. Es wird gerade zugemacht. Sie bringen mich im Auto nach Hause. Giorgio kann man ansehen, daß er jetzt Geld macht. Er wird häßlich. Verliert Haare. Ich esse allein fast ein ganzes Hähnchen. Aber allein schmeckt es nicht. Ich trinke ein Glas heißen Wein mit Zucker. Ich gehe schlafen. Ich habe das Gefühl, ich kriege eine Grippe.

Freitag
Ich bin mit solchen Nierenschmerzen aufgewacht, daß ich fast ohnmächtig geworden bin. Ich sollte lieber gleich wieder ins Bett gehen, denke ich. Aber dann gehe ich doch ins Bad und wasche mich und bin schweißnaß vor Schmerzen. Ich brauche das Geld. Dreitausend Lire sind immer noch dreitausend Lire. Und wenn ich mein Pensum von vierhundert Stück am Tag nicht halte, dann ade. Natürlich habe ich heute im Zug gesessen, es hat mir genau in den Rücken gepfiffen. Ich habe die unterm Fenster angeschrien. Sie haben es einen Moment zugemacht, dann wieder auf. Es heißt, man kriegt sonst wegen des Gestanks keine Luft. Aber so bin ich bald lahm. Immer rauf und runter über der Wanne, mit Gummiteilen auf dem Arm. Irgendwann habe ich weder Schmerzen noch sonstwas gespürt. Ich war benebelt von den Säuredämpfen. Ich habe nicht einmal den Zeitnehmer bemerkt, der hinter mir stand wie ein Schutzengel.

Sonntag
Fast den ganzen Tag verschlafen. Nachmittags stehe ich auf und gucke nach, was in der Küche ist. Ein Hähnchenflügel von neulich. Sonst nichts. Ich esse den Hähnchenflügel und warme Brühe. Aber aus Würfeln. Würfel schmecken ekelhaft. Nicht mal Brot ist da. Ich lege mich wieder ins Bett. Ich schlafe ein bißchen, träume von Tano und komme ganz von selbst, wie blöde. Ich wache schweißgebadet auf.

Montag
Ich habe die Schuhe gekauft. Aber ich habe mich bescheißen lassen. Weil ich sparen wollte, wie üblich. Die sehen schon nach einem Tag alt aus. Aber schön sind sie. Schwarz, mit hohen Hacken. In der Fabrik ist einer, der mir gefällt. Seit

zwei Tagen arbeitet er mit mir an den Wannen. Er läßt sich Zeit. Er ist langsam. Er kann die Teile nicht halten. Er ist erst seit ein paar Tagen in der Fabrik. Noch keine zwanzig Jahre alt. Er ist so mager, daß er wie eine halbe Portion aussieht. Aber schön. Viel zu schön. Ich merke, daß all die anderen Frauen ihn mit den Augen verschlingen. Aber er guckt überhaupt niemanden an. Er ist eitel. Alle naselang bewundert er sich in einem kleinen Spiegel, den er immer in der Tasche hat.

Mittwoch
Seit gestern regnet es nur noch. Viele kommen in die Fabrik mit Skisocken und rot-gelben Gummistiefeln, die man am liebsten aufessen möchte. Ich will mir auch solche kaufen. Sowie ich ein paar tausend Lire abzweigen kann.

Donnerstag
Es regnet immer noch. Die neuen Schuhe stehen im Schrank, eingewickelt in ein altes Hemd von Tano. Zum ersten Mal fällt mir auf, daß ich in der Farik nicht mal Zeit habe, von der Arbeit hochzugucken. Ich habe keine Zeit, mir diesen Jungen genauer anzusehen, der bei mir arbeitet. Nur in der Kantine kann ich ihn mir in Ruhe anschauen. Aber er setzt sich immer weit weg ans Fenster, liest beim Essen die Zeitung und dreht den Kopf nie in meine Richtung.

Freitag
Ich komme nach Hause und lege mich sofort ins Bett. Ich habe Angst, wieder diese Rückenschmerzen zu kriegen. Aber es geht mir besser. Der Husten ist auch weniger geworden. Nur die Hände sind zum Kotzen, wie üblich.

Sonnabend
Mangold und hartgekochte Eier gegessen. Die ich dann wieder nicht verdauen kann. Sie kommen mir die ganze

Nacht hoch. Und morgens wache ich auf und habe einen metallischen Geschmack im Mund. Heute habe ich endlich mit dem Jungen geredet. Er heißt Romolo. Er sagt, er hat die Schnauze voll von Fabrikarbeit. Wem sagt er das! Ich habe ihn morgen abend zum Essen eingeladen. Jetzt muß ich die Wohnung putzen, die ekelt einen ja an. Und was zu essen kaufen. Ißt du gern Hammel? Er nickt. Ich habe beschlossen, Hammel in Essig und Rosmarin zu machen. Ein Glück, daß ich gerade Lohn bekommen habe.

Sonntag
Vor lauter Aufregung um sieben aufgewacht. Ich habe die Wohnung geputzt. Die Böden erst mit Seife und dann noch gewachst, und jetzt laufe ich bei jedem Schritt Gefahr, hinzufallen und mir den Kopf aufzuschlagen. Aber wenigstens ist es sauber, und es riecht gut nach Wachs und Sägespänen in den Zimmern. Nachmittags bei Tano. Wenn ich ihn hinter dem Gitter sehe, kriege ich Bauchschmerzen. Jetzt läßt er sich einen Bart wachsen, wie so eine Heiligenfigur. Sieht schöner aus damit. Er sagt, sie haben ihm da drin sein ganzes Geld geklaut. Wer denn? Die anderen Genossen. Und du läßt dich so beklauen? Er ist ein Trottel. Taugt nur, um sich in den Sack stecken zu lassen. Er sagt, er ißt nichts. Und daß sie ihm morgens Milch mit Kaffee geben, die aussieht wie Pisse, mittags vergammelte Bohnen und Fleisch, das faulig stinkt, und abends eine Suppe, die er verschenkt, weil er vom Geruch schon kotzen muß. Bring mir was zu essen, sagt er. Aber ich habe keine Zeit. Und Geld? Nach dem Gefängnis gehe ich einkaufen und dann nach Hause kochen. Um neun klingelt es. Ich renne an die Tür. Ich gucke durch den Spion. Es sind diese Idioten Giorgio und Marta. Ich tue so, als ob keiner zu Hause ist. Die beiden klingeln und klingeln. Demnächst schlagen sie noch die Tür mit den Fäusten ein. Ich mache auf. Ich sage, ich will gerade gehen. Ich überrede sie, nach Hause zurückzukehren. Ich

gehe auch. Nur damit sie sehen, daß ich wirklich weggehe. Als ich wiederkomme, ist Romolo schon wieder weg. Ich finde einen Zettel unter der Tür: »Warum spielst du mir solche Streiche?« Zum Teufel mit den beiden! Ich esse den Hammel allein. Ich lege mich mit der Wärmflasche ins Bett. Vor Wut fange ich an zu weinen.

Montag
Ich kann mit Romolo nicht reden. Sie haben ihn in eine andere Abteilung versetzt. Ich arbeite schlecht. Ich habe ungefähr ein Dutzend Teile verpfuscht. Ich habe sie zu lange in die Säure gehalten und sie sind völlig zerfressen wieder herausgekommen. Der Vorarbeiter hat mich vor allen Leuten angeschnauzt. Dabei bezahle ich die Teile sowieso. Was braucht er mir da Vorwürfe zu machen. Reicht das nicht, daß ich Geld verliere?

Mittwoch
Marta ruft an, ich soll in den Laden kommen: Giorgio geht es schlecht. Was hat er denn? Nichts. Ja – und? Er hat, daß er alle Leute anschreit. Daß er sie jetzt nicht mehr heiraten will. Und warum nicht? Weiß man nicht. Die öden mich so an, die beiden. Ich kriege Kopfschmerzen davon. Tano schreibt mir einen fiesen Brief, weil ich ihm nichts zu essen bringe und daß sie ihn da drin vergiften. Aber was kann ich dafür? In der Fabrik suche ich Romolo in der Kantine. Er steht jetzt am Band. Sieht mit dem weißen Arbeitsanzug bildschön aus. Ich frage ihn, warum er neulich nicht auf mich gewartet hat. Er guckt mich an und sagt nichts. Geht es nächsten Sonnabend? Er sagt ja. Ich gehe zufrieden nach Hause. Die ganze Zeit, als ich mit ihm geredet habe, hatte ich die Hände in der Tasche, damit er sie nicht sieht.

Sonnabend
Er ist gekommen. Wir haben gegessen. Getrunken. Dann sind wir ins Bett gestiegen. Er hat einen weißen Körper mit lauter blauen Venen, die wie eine Zeichnung unter der Haut aussehen. Ich hatte vergessen, das Telefon abzustellen. Als es am schönsten ist, fängt es an zu klingeln. Und klingelt und klingelt. Geh ran, sagt er, das macht mich wahnsinnig. Ich gehe ran. Es ist Marta, sie erzählt, Giorgio geht mit einer Kundin ins Bett. Die gehen mir auf die Eier! Sie sagt, es ist eine vom Film. Und daß sie im Excelsior wohnt und ihn aufs Zimmer kommen läßt. Bist du sicher, daß die da zusammen schlafen? Sicher, er hatte überall Lippenstift, sogar auf dem Hosenschlitz. Sie ist wohl nicht mehr die Jüngste. Sie hat ihm eine goldene Uhr mit einem echt goldenen Armband geschenkt. Ich würde gern mal im Excelsior essen, denke ich. An einem Tisch, der ganz mit Silbertellern gedeckt ist. Ein ganzes Spanferkel mit einer Kruste wie Zwieback, Hummer mit sämtlichen Beinen zum Auslutschen, Tintenfisch in der eigenen Tinte gekocht, Makkaroniauflauf mit Bechamelsoße. Ich hatte Romolo fast vergessen. Aber Liebe macht er wie ein kleiner Junge. Süß und lieb und schüchtern.

Sonntag
Tano murrt und spuckt. Ich habe ihm was zum Essen gebracht. Er hat es mir ins Gesicht geworfen. Er sagt, er will raus. Wie wohl? Marta hängt mir dauernd in den Ohren mit ihrem Gegreine. Giorgio schmeißt vor Wut die Tinktur auf den Boden. Heiraten sie denn nun? Oder nicht? Wer weiß. Einen Tag heißt es ja, den nächsten wieder nein. Schon wieder nur Kohl und Kartoffelsuppe zu essen. Ich habe keine Lira mehr, und der Schlachter kriegt noch sechstausend Lire, der Bäcker dreitausend und Marta zweitausend.

Dienstag
Die Schauspielerin aus dem Excelsior ist abgefahren. Giorgio hat einen Spiegel zertreten. Für den hatte er elftausend Lire bezahlt, ohne Rahmen. Ein Wochenlohn. Marta hat sich das Gesicht mit heißem Wachs verbrannt. Sie sagt, es wird eine Narbe bleiben. Sie weint die ganze Zeit. Und sie ruft mich an, daß sie sich umbringen will. Ich verstehe, wenn Giorgio sie nicht heiraten will. Sie ist ein Jammerlappen.

Mittwoch
Ich esse nur Würfelsuppe und Kartoffeln und hartgekochte Eier. Ich habe Hunger wie ein Wolf. Gestern abend ist Romolo gekommen. Was kann ich ihm anbieten? Nichts. Nicht mal einen Schnaps. Er sagt, wie alt bist du? Siebenundzwanzig. Er neunzehn. Ich zeige ihm die Hände, für die ich mich schäme. Er sagt, das ist ihm scheißegal. Er ist die Nacht bei mir geblieben.

Freitag
Marta ruft an, sie heiraten jetzt doch. Die Gesichtshälfte mit der Narbe deckt sie mit einer Perücke zu. Um so besser. Tano sitzt weiter und kriegt keinen Prozeß. Seine Mutter kommt aus Kalabrien. Sie will im Doppelbett schlafen. Da passen wir beide rein, sagt sie. Aber ich habe nicht die geringste Lust, mit ihr in einem Bett zu schlafen. Ich lasse es ihr und lege mich in der Küche auf eine Matratze, die mir die Nachbarin geliehen hat.

Sonnabend
Als ich wiederkomme, schlägt mir ein Duft von süßsauer eingelegten Perlzwiebeln entgegen, so daß ich meine, ich werde neu geboren. Tanos Mutter macht Abendessen. Zwiebeln, Rübchen, Käse und Ziegenfleisch; sie hat alles vom Land mitgebracht. Ich setze mich zu Tisch und stehe

auch nicht auf, um ihn zu decken. Ich lasse sie arbeiten. Ist das schön, wenn jemand zu Hause für mich die Arbeit macht!

Sonntag
Tano haben wir eine Tasche voll Zeug gebracht. Aber er war nicht zufrieden. Er sagt, er will Zigaretten. Seine Mutter ist in den Tabakladen gegangen und hat zehn Schachteln von den mittelteuren gekauft. Tano hat sie ihr ins Gesicht geschmissen. Inzwischen ist die Zeit um, und sie machen die Gittertüren zu. Es scheint, daß die beiden wirklich heiraten. Marta ist zufrieden. Auch wenn sie ein schiefes Gesicht hat, wegen der Narbe.

Dienstag
In der Fabrik fangen sie wieder mit ihrer Streikgeschichte an. Ich tue, als wenn nichts wäre. Sofort nach der Hochzeit frage ich die beiden, ob sie mich als Maniküre in ihren Laden »Die Libelle« nehmen. Leb wohl, schöne Fabrik.

Mittwoch
Jeden Tag Ziege. Solange, bis sie alle ist. So, mit Pfeffer und Knoblauch, hält sie sich fabelhaft. Meine Schwiegermutter hat auch Birnen mitgebracht, lang und dünn wie Finger. Aber unheimlich süß. Und ein Öl, dick wie Maschinenöl. Und herb.

Donnerstag
Ich habe schlecht geschlafen. Meine Schwiegermutter schnarcht so laut, daß ich sie auch bei geschlossener Tür höre. Ich habe gepfiffen und gerufen. Irgendwann habe ich ihr einen Kochtopf aufs Bett geworfen. Aber sie ist nicht mal aufgewacht, um aua zu sagen! Tano ist grau geworden. Er will immer Zigaretten. Ich habe ihm die letzten zweitausend Lire dagelassen.

Freitag
Da ist eine, die klebt immer an Romolo. Eine ganz junge, die bei ihm in der Abteilung arbeitet. Sie ist stark wie ein Bulle. Die Halsmuskeln sehen aus wie bei einem Mann. Sie lacht dauernd und fummelt ständig an Romolo rum. Blöde Kuh! Sie heißt Tunica. Nie gehört, den Namen.

Sonnabend
Lohn bekommen. Beim Schlachter etwas bezahlt. Ich habe fast keine Schulden mehr. Telefon bezahlt. Gas bezahlt. Schuster bezahlt. Habe nur noch fünfzehntausend Lire Schulden insgesamt. Sieben beim Schlachter, vier beim Kaufmann, zwei beim Gemüsehändler, zwei beim Milchmann.

Sonntag
Tano sagt, da drin holen sich alle dauernd einen runter. Frauen gibt es ja nicht, und irgendwann kriegen sie einen Rappel und müssen. Sein Pech, wenn er sich einsperren läßt. Ich habe ihm den ganzen Rest von der Ziege gebracht. Aber er sagt, er hat keinen Hunger. Er will Zigaretten. Seine Mutter geht überhaupt nicht wieder. Sie schläft in meinem Bett, schnüffelt überall rum und ißt alles, was sie finden kann. Sie hat keine Zähne, aber sie ißt alles. Sie findet einen Krümel und ißt ihn, sie findet eine zerquetschte Bohne und ißt sie, sie findet eine Kruste und ißt sie, sie findet einen Rest in der Kaffeetasse und ißt ihn. Sie ißt alles. Und dann schläft sie. Und schnarcht.

Mittwoch
Romolo will in die Wohnung kommen. Aber Tanos Mutter ist da. Wir müssen uns draußen auf der Straße treffen und können uns nicht mal anfassen. Gehen wir ins Kino? Und was machen wir da? Geld ausgeben, und Schluß. Kurz, wir laufen durch die Gegend und werden nur unnütz müde;

und beim Spazierengehen redet man so viel, und er sagt, ich soll meinen Mann verlassen und mit ihm gehen. Aber ich denke gar nicht daran. Ich bin nämlich nicht verliebt. Er gefällt mir, Schluß, aus.

Donnerstag
Die Mutter ist immer noch da. Sie hat noch einen Fünftausender aus der Tasche gezogen. Ich weiß gar nicht, wo sie den versteckt hat. Mir hatte sie erzählt, sie hat nichts mehr. Wir kaufen Zeug für Tano. Aber Tano will nur Zigaretten. Ich habe mitgekriegt, daß er das ganze Essen gegen Zigaretten tauscht.

Freitag
In der Fabrik gab es einen Unfall. Ein Junge, der ganz neu eingestellt ist, hat einen Arm verloren. Um halb zehn kam ein Schrei. Sie standen zu dritt an einer alten Stanzmaschine. Wir sind hingestürzt. Der ganze Arm des Jungen, bis zur Schulter, lag auf dem Boden. Und er hat ihn wie blöde angestarrt. Dann ist er selber hingefallen. Als ich das Marta erzählt habe, hat sie angefangen zu heulen. Marta heult immer. Ein Glück, daß sie jetzt heiratet. Ich warte nur auf den richtigen Moment, und dann frage ich Giorgio, ob er mich in seinen Laden nimmt. In der Fabrik lasse ich meine ganze Jugend, wenn das so weitergeht.

Januar. Dienstag
In der Kantine sitzen Romolo und ich und Tunica immer zusammmen. Romolo sagt, er kann sie nicht ausstehen, aber anfassen läßt er sich trotzdem und anschauen und anhimmeln. Er ist ein Lackaffe.

Donnerstag
Marta erzählt, sie hat Tanos Mutter gesehen, wie sie an der Ecke Piazza del Gesú gebettelt hat. Ich glaube es nicht.

Giorgio soll inzwischen lieb und freundlich sein. Er denkt nur noch an die Wohnung, die sie nach der Hochzeit mieten wollen, und legt Geld auf die Seite für die Möbel. Sie wollte, daß er die goldene Uhr von der Excelsior-Kundin verkauft, aber er macht es nicht. Sie sagt, sie heiraten im April.

Sonntag
Wieder Sonntag. Sonntags weiß ich nie, was ich machen soll. Außer Tano besuchen. Er redet jetzt kein Wort mehr und will nur Zigaretten und noch mal Zigaretten. Romolo geht zu einem Fußballspiel. Um sechs fragt er mich, ob ich ausgehen will. Aber wohin wohl? Einmal haben wir es auf einer Parkbank gemacht, bei der Villa Borghese. Um ein Haar hätte uns die Polizei erwischt. Es war auch naß, das Gras auf dem Boden und alles, und Tomolo hatte zum Glück seinen Regenmantel daruntergelegt. Danach haben wir entdeckt, daß wir auf einem großen Scheißhaufen gelegen haben. Giorgio und Marta kommen zum Abendessen. Sie bringen ein ganzes Tablett mit Ricottatörtchen mit. Der Ricotta hat allerdings schon einen Stich, und diese kandierten Früchte bleiben mir auch in den Zähnen hängen.

Dienstag
Der Prozeß soll nächsten Monat sein. Tano ist inzwischen ganz gelb. Weil er nur noch raucht und nichts ißt. Er hat auch einen Reizhusten, wie ich. Nur, meiner kommt von den giftigen Dämpfen in der Fabrik und seiner von der ewigen Zigarettenraucherei. Seine Mutter hat ihm eine Stange amerikanischer Zigaretten gebracht; keine Ahnung, wo sie die aufgetrieben hat. Ich habe Tano erzählt, daß Marta sie vor der Jesuskirche betteln gesehen hat. Und – mir doch scheißegal! Hat er geantwortet. Was nimmt sie denn ein? Was weiß ich. Marta sagt, mit Betteln kann man auf zweitausend Lire am Tag kommen. Sagt sie. Aber wer weiß.

Mittwoch
Nach dem Unfall mit dem abgerissenen Arm haben sie in der Fabrik beschlossen: gestreikt wird, egal, ob die Arbeitskammer dafür ist, und egal, ob die Gewerkschaften sich entscheiden können. Wenn es wirklich Streik gibt, nehme ich mir zwei Tage Urlaub. Und ich gehe mit Romolo ins Hotel und schlafe mit ihm. Wird teuer. Aber scheiß drauf! Wir zanken uns dauernd, weil wir immer bloß im Regen Händchen halten und knutschen dürfen und nicht wissen wohin.

Freitag
Gestern war ich beim Arzt. Weil mir immer schwindelig ist und die Nieren weh tun und meine Hände völlig kaputt sind. Ich weiß genau, das kommt von den Säuredämpfen. Da kann man auch gar nichts machen, solange sie mich nicht in eine andere Abteilung schicken. Ich gehe jedenfalls erst mal zum Arzt. Und muß ewig warten. Da war eine Schlange, die ging fast bis vor die Tür. Nach eineinhalb Stunden jedenfalls war mein Urlaubsschein abgelaufen, und ich mußte zurück in die Fabrik, ohne den Arzt auch nur gesehen zu haben.

Sonnabend
Romolo sagt, ich soll mit ihm leben. Aber gleichzeitig läßt er sich von dieser Tunica anfassen. Irgendwann reiße ich der noch mal die Haare aus.

Sonntag
Tano ist dürr wie ein Salzhering. Zwei Backenzähne sind ihm ausgefallen. Wenn er redet, sieht man rechts im Mund ein schwarzes Loch. Er erzählt mir nie etwas. Er hat nur noch Lust zu rauchen. Um rauchen zu können, würde der sogar seine eigene Mutter verkaufen.

Dienstag
Der Streik war auch diesmal eine Pleite. Jeder erzählt etwas anderes. Das konnte doch nur so ausgehen. Ich bin gar nicht erst in die Fabrik gegangen. Doch nicht wegen des Streiks. Mir doch scheißegal. Ich habe einfach erstmal zwei Tage durchgeschlafen. Ich bin dauernd müde. Weil ich nachts immer aufwache, vom Husten oder von der Schnarcherei meiner Schwiegermutter. Und wenn ich erstmal wach bin, kann ich nicht wieder einschlafen. Und morgens um halb sechs muß ich raus aus dem Bett, damit ich um sieben in der Fabrik bin.

Sonnabend
Giorgio und Marta haben geheiratet. Aber Krach haben sie jetzt schon. Weil Giorgio in eine Kundin verknallt ist; Meisterin im Turmspringen. Und er möchte am liebsten mit ihr und seiner Frau ins Bett. Ich habe sie mal gesehen, die Meisterspringerin, sie ist klein und kräftig und immer braungebrannt, auch im Winter. Sei ist flink wie ein Hase und hat ganz kurze, weißblond gefärbte Haare. Marta sagt, sie haßt sie. Aber andererseits, wenn die verlangt: machen Sie mir die Hände, dann kuscht Marta sofort ohne einen Mucks. Noch nicht mal die Schere hat sie der unter den Fingernagel gerammt.

Dienstag
Romolo besteht darauf, daß ich zu ihm ziehe. Ich sage nein. Und er schmollt. Meine Schwiegermutter ist endlich abgefahren. Das Bett stinkt nach eingetrockneter Pisse, daß einem die Luft wegbleibt. Meine Schwiegermutter leidet an Blasenschwäche, und jede Nacht läuft ihr ein bißchen Pipi ins Bett. Die ganze Matratze ist jetzt voll mit ihrem Geruch. Ich habe sie zwei Tage auf den Balkon gelegt, hat aber nichts geholfen. Morgen lasse ich sie reinigen. Selbst wenn

mich das ein paar tausend Lire kostet, was soll's. Bei dem Pißgeruch kann ich nicht schlafen.

Donnerstag
Marta ruft an. Sie haben die Hochzeitsreise verschoben, wegen dem Laden. Jetzt fahren sie erst im August. Vielleicht ist jetzt der richtige Moment, um Giorgio zu fragen, ob er mich anstellt. Morgen oder übermorgen mache ich es. Ich muß sie vorher allerdings abends zum Essen einladen.

Sonnabend
Ich habe mir das Geld von der Nachbarin geliehen. Ich habe Pasta al forno gemacht und Spezzatino col pomodoro, und hinterher Zuppa Inglese mit Zitronen-Vanillecreme. Für Marta habe ich extra Sambuca gekauft. Sie hatten zu zweit die ganze Flasche in einer halben Stunde leer. Dann hat Giorgio zu fummeln angefangen. Er ist klebrig und häßlich. Ich mag ihn nicht. Aber ich habe getan, als wenn nichts wäre, damit er nicht auf mich böse wird. Ich wollte sie eigentlich rauswerfen. Aber es ging nicht. Ich wußte genau, wo das hinführen sollte. Ins Doppelbett. Ich wußte das. Und ob nun die Matratze stinkt, und ob ich kühl bin, die sind nicht zu bremsen. Giorgio und Marta beide auf mir drauf. Ich habe solange die Augen zugemacht. Ich habe mir eingeredet, es ist ja nur für die Stelle. Aber vorher habe ich noch mit ihm gesprochen. Ich habe ihn gefragt, ob er mich als Maniküre einstellt. Er hat gesagt, ja, ja. Und das war's. Jedenfalls sind wir zusammen ins Bett gegangen. Nach kurzer Zeit bin sogar ich etwas heiß geworden. Und dann bin ich gekommen. Ich hätte nicht gedacht, daß ich das jemals schaffe. Danach hatte ich nur noch Lust zu schlafen. Ich mußte mich zusammenreißen, um sie nicht rauszuschmeißen. Ich bin im Arm von Marta eingeschlafen, mit dem Mund auf ihrer nackten Brust.

Sonntag
Tano hat noch einen Zahn verloren. Er war auch zehn Tage in der Krankenstation. Sie haben ihn mit Spritzen ernährt. Er hat vier Kilo zugenommen. Jetzt ist er wieder in der Zelle. Er hat schon wieder angefangen abzunehmen.

Mittwoch
Ich habe mit Giorgio geredet. Ich habe ihn an das Versprechen von neulich abend erinnert. Er hat mich total bescheuert angeguckt. Gesagt hat er nichts. Aber wieso denn nicht? Ist was nicht in Ordnung? Aber du kannst doch die Arbeit einer Maniküre gar nicht. Aber ich kann's ja lernen, nicht? Und wo willst du solange deine Hände lassen? Mit diesen Händen kannst du nicht als Maniküre arbeiten. Dann wasche ich eben Haare. Nein. Ich kann ja nicht mal die beiden Angestellten bezahlen. Wie soll ich das machen?

Sonntag
Ich habe Tano gesagt, daß Giorgio ein Arschloch ist. Daß er sich weigert, mir Arbeit zu geben, jetzt, wo er gut verdient. Er fragt bloß, ob ich Zigaretten mithabe. Was anderes als Zigaretten interessiert ihn nicht.

Februar. Mittwoch
Marta ruft an, sie will mich zum Abendessen einladen. Ich habe nein gesagt. Ich will die beiden nicht mehr sehen. Die sollen sich in den Arsch ficken, alle beide.

Donnerstag
Ich war wieder beim Arzt. Diesmal bin ich dageblieben und habe gewartet, auch als mein Urlaubsschein schon abgelaufen war. Nach zweieinviertel Stunden haben sie mich reingerufen. Er sagt, ich muß die Hände und die Lunge auskurieren. Das weiß ich auch, daß ich mich auskurieren muß, aber wie? Sie haben mir ein Rezept und ein Attest für den

Chef gegeben; sie sollen mich in eine andere Abteilung versetzen. Ich war mit dem Rezept und dem Attest beim Vorarbeiter. Er hat es in die Tasche gesteckt, und das war's

Freitag
Tunica ist krank. Romolo hat sich neben mich gesetzt. Er sagt, wenn ich meinen Mann nicht verlasse, geht er nicht mehr mit mir.

Sonntag
Ich habe Tano drei Stangen Zigaretten gebracht. Und damit ist das Geld für diese Woche alle. Ich muß wieder mit Schulden anfangen.

Dienstag
Ich habe Romolo verlassen. Er war mir doch zu lästig. Ein Brief von meiner Schwiegermutter ist gekommen, mit fünftausend Lire drin.

Donnerstag
Sie haben mich in eine andere Abteilung geschickt. Endlich. Jetzt arbeite ich am Montageband. Ich brauche mich nicht zu bücken, ich brauche nichts mehr zu heben, ich brauche die Hände nicht mehr in Säure zu halten und ich brauche auch nicht mehr giftige Dämpfe zu atmen. Aber wenn man fünfzehntausendmal dieselbe Bewegung macht, wird man auch müde. Ich kann kaum die Augen aufhalten. Manchmal schlafe ich mit offenen Augen. Meine Arme arbeiten weiter, aber ich schlafe.

Freitag
Neben mir am Band sitzt eine, die kann beim Arbeiten Brötchen mit Mortadella essen. Keine Ahnung, wie die das macht. Die ist so gut, die macht die Arbeit von zwei Händen mit einer, ohne Pause länger als dreißig Sekunden. In der

anderen Hand hat sie ein Brötchen, und dabei kaut sie. Sie schafft zwei Brötchen in anderthalb Stunden, Häppchen für Häppchen und hastig gekaut. Wenn ich mal die Hand wegnehme, um mir die Nase zu kratzen, bin ich sofort vier Bewegungen hinterher und muß mich so beeilen, daß ich ins Schwitzen komme.

Sonntag
Ich habe Tano drei Stangen Zigaretten gebracht. Er sagt, die reichen nicht. Er ist ganz gelb und dürr und faltig. Ich erkenne ihn nicht mehr wieder.

Dienstag
Ich habe jemand anderen kennengelernt. Er heißt Liberio. Er arbeitet in einer Bar. Er hat einen Motorroller. Sonnabend fahren wir aufs Land, er hat es mir versprochen. Das einzige, wofür ich mich schäme, sind meine Hände.

Mittwoch
Ich habe mir ein Paar Wollhandschuhe gekauft. Liberio sagt, das mit meinen Händen ist ihm scheißegal. Seine haben auch Frostbeulen, weil er sie immer ins Wasser hält. Aber meine sind ekelhaft. Sie sind ja nicht nur geschwollen, sie pellen sich und sind rot und rissig. Die Risse heilen nicht zu, und aus den Wunden kommt etwas helles Flüssiges, was dann gelb verschorft.

Donnerstag
Romolo starrt mich dauernd an. Er redet mit Tunica und guckt zu mir. Ich tu, als wenn nichts wäre. Ab und zu, wenn er nicht guckt, sehe ich ihn an und denke, er ist wirklich ein bildhübscher Bengel mit seinen himmelblauen Augen und der weißen Haut, die fest an den Knochen sitzt; und mit seinen Haaren, die er alle in eine Richtung kämmt, wie eine

Krone. Er ist wirklich der Schönste in der Fabrik. Und ein bißchen tut es mir leid, daß ich ihn nicht mehr habe.

Sonnabend
Zum ersten Mal habe ich ganze zehntausend Lire vom Lohn übrig. Ich habe mir eine Creme für die Hände gekauft, eine Vitamincreme, die mich dreitausendzweihundert Lire gekostet hat. Nicht, daß sie aus Gold ist. Ein winziges Döschen. Und für zweitausend Lire habe ich Tano eine Stange Zigaretten auf dem Schwarzmarkt gekauft.

Sonntag
In ein paar Tagen ist der Prozeß. Ich muß wohl als Zeugin aussagen. Was soll ich bloß erzählen?

Montag
Heute hat mir eine junge Frau, die auch bei mir am Band arbeitet, erzählt, daß Romolo und Tunica sich verlobt haben. In der Kantine saßen sie nebeneinander, wie immer. Sie hat gelacht. Und er hat ziemlich leise dauernd auf sie eingeredet.

Dienstag
Liberio hat kein besonders schönes Gesicht. Er hat eine Boxernase, und die Augen stehen zu eng. Aber er hat den schönsten Körper, den ich je gesehen habe. Und eine Hautfarbe wie Harz. Wenn er schwitzt, riecht es gut, ein bißchen säuerlich wie ausgedrückte Wurzeln.

Donnerstag
Heute morgen der Prozeß. Ich habe einen Urlaubsschein von der Fabrik. Sie haben mich fünf Stunden vor der Tür warten lassen. Es heißt, die Zeugen dürfen nicht in den Saal. Mit mir saßen noch sieben andere Leute da und haben mit den Anwälten geflüstert; die trugen lange schwarze

Talare bis auf die Füße. Um halb drei haben sie mich reingerufen für die Zeugenaussage. Ich hatte solchen Hunger, daß mir schwarz vor Augen war. Sie sind die Ehefrau? Was tun Sie, was tun Sie nicht? Wo arbeiten Sie? Wußten Sie, daß Ihr Mann gestohlen hat? Und wieso und warum? Wo und wann? Und so weiter und so fort. Sie haben mich mit Fragen bombardiert. Ich habe versucht, Tano zu sehen, aber keine Ahnung, wo sie ihn hingesetzt hatten, er war nicht da. Erst kurz vor dem Rausgehen habe ich ihn gesehen. Er saß direkt hinter mir.

Sonnabend
Marta hat angerufen und nach Tanos Prozeß gefragt. Ich habe ihr gesagt, er hat vier Jahre gekriegt. Sie hat sofort angefangen zu heulen. Giorgio hat ihr den Hörer aus der Hand gerissen und gesagt, es wäre eine Sauerei, eine Schande. Ich habe den Hörer aufgeknallt.

Sonntag
Tano ißt wieder. Er raucht auch weniger. Er hat sich gefreut, mich zu sehen. Es ist das erste Mal, daß er sich freut.

Dienstag
Gestern abend gegen neun, ich lag schon im Bett, kam Romolo. Wir haben miteinander geschlafen. Ich habe festgestellt, daß ich ihn immer noch mag.

Mittwoch
In der Kantine. Tunica und Romolo sitzen immer zusammen und lachen miteinander. Aber Romolo guckt in meine Richtung. Er macht mir Zeichen, als wenn er sagen will, ich rufe dich an.

Freitag
Jetzt habe ich zwei: Romolo und Liberio. Mit Liberio gehe ich tanzen und im Freien vögeln. Ich habe ihm gesagt, ich habe einen Mann zu Hause. Romolo kommt zwei-, dreimal die Woche und bleibt über Nacht.

Sonntag
Ich konnte Tano nicht besuchen, weil er in der Strafzelle sitzt. Der Wärter hat mir gesagt, daß er etwas Unanständiges gemacht hat. Was denn? Das laß dir mal von jemand anderem erzählen. Ich habe rumgefragt. Es ist wohl jemand in die Zelle gekommen, wo Tano und die anderen sitzen, ein Junge, und wollte die Wäsche abholen, und dann sind sie alle auf ihn drauf und haben ihn in den Arsch gefickt, alle vier, einer nach dem anderen. Der Junge mußte in die Krankenstation, und die vier sind in die Strafzelle gesperrt worden. Ich habe die Zigaretten für Tano einem gegeben, der Mario heißt und in der Zelle nebenan sitzt.

Mittwoch
Gestern bin ich in der Fabrik auf dem Stuhl eingeschlafen. Zum Glück hat meine Nachbarin, die mit der Mortadella beim Arbeiten, mich an den Haaren gezupft. Ich habe einen Satz gemacht und wieder angefangen zu arbeiten. Aber ein paar Teile waren schon weitergegangen zu der Frau, die hinter mir sitzt, und die hat gleich gekreischt, ich wäre eine schlampige Nutte. Der Vorarbeiter ist gekommen und hat mir eine Strafe aufgebrummt.

Donnerstag
Liberio sagt, ich soll meinen Mann verlassen und zu ihm ziehen. Aber ich habe ihn schon längst über. Er ist aufdringlich und wehleidig.

Freitag
Ich habe Liberio verlassen.

Sonnabend
Nachts kann ich vor Husten nicht schlafen. Jetzt bin ich zwar in einer anderen Abteilung, aber das Gift sitzt in der Lunge. Romolo hat vorm Haus auf mich gewartet. Er war fröhlich. Er hatte ein neues rotes Hemd und weiße Wollsocken an, bei denen einem schon vom Hingucken warm wurde. Ich war so müde, daß ich in seinen Armen weggedöst bin, bevor wir noch miteinander geschlafen hatten. Er hat mich schlafen lassen. Ich glaube sogar, er ist auch eingeschlafen.

Sonntag
Den ganzen Tag geschlafen. Ab und zu bin ich vom Telefon wach geworden, aber nicht rangegangen. Es ist Liberio, er sucht mich. Gestern ist er auch wieder zum Fabriktor gekommen. Romolo hat ihn gesehen und einen Wutanfall bekommen. Ich mußte ihm ein Märchen erzählen.

Montag
Montag ist ein Scheißtag. Ich werde nicht wach. Ich friere, ich habe Kopfschmerzen, und beim bloßen Gedanken, daß jetzt wieder eine Woche anfängt, kommt mir das Kotzen.

Dienstag
Ich habe keinen Pfennig mehr. Tano sitzt immer noch in der Strafzelle. Ich habe ihm wieder Zigaretten dagelassen. Die Frau von nebenan hat mir tausend Lire geliehen. Ich habe Eier und vier Kilo Kartoffeln gekauft.

Donnerstag
Kartoffeln und Eier. Ich esse jeden Tag ein Rührei. Sie müssen bis Samstag reichen. In der Kantine habe ich für hun-

dertfünfzig Lire einen Teller Tagliatelle gegessen, sie waren hart wie Pappe, und ein Glas verwässertes Bier getrunken. Tunica hat geheiratet. Ich habe es gestern von einer aus der Montageabteilung erfahren. Sie soll einen Polizisten geheiratet haben. Romolo ist alleine, liest die Zeitung, guckt mich an.

Freitag
Die Eier sind alle. Kartoffeln und Würfelbrühe gegessen. Ich habe die Milch anschreiben lassen. Ich muß das Seifenpulver in der Drogerie bezahlen.

Sonnabend
Endlich wieder Lohn. Ich muß für Romolo ein Geschenk kaufen, er hat morgen Geburtstag. Liberio ruft alle naselang an.

Sonntag
Den ganzen Tag geschlafen. Romolo ist zum Fußballspiel gegangen. Abends hatte ich Lust, tanzen zu gehen. Beinahe hätte ich Liberio angerufen, daß er mich irgendwohin mitnimmt. Aber dann klebt er wieder an mir, und man kriegt ihn nicht mehr los. Einen schönen Körper hat er ja. Gestern habe ich ihn gesehen, als er an der Ecke auf mich gewartet hat. Er ist mager und gleichzeitig voll, er hat einen langen Hals, lange Beine und einen sehr schönen Teint, wie ein Malzbonbon.

Montag
Marta kriegt ein Baby. Sie hat mich angerufen und geweint. Ich hatte nicht den Mut, gemein zu ihr zu sein. Sie ist eine dumme Gans. Und außerdem heult sie immer. Aber es hat mich gefreut, daß sie angerufen hat. Ich glaube, sie ist besser als Giorgio; der ist ein Arschloch. Wenn es nach ihr

gegangen wäre, sie hätte mich als Maniküre in den Laden genommen.

Donnerstag
Liberio ist nach Deutschland gefahren. Er hat eine Arbeit als Fernfahrer angenommen. Verdient wohl gut. Er ist zum Fabriktor gekommen, um sich zu verabschieden. Ich bin hinter ihn auf den Motorroller gestiegen. Bevor wir um die Ecke waren, sah ich Romolo herauskommen; er hat mir nachgeschaut, und seine Augen haben gefunkelt vor Eifersucht. Ich habe Liberio mit zu mir nach Hause genommen. Ich habe mir erzählen lassen von seiner neuen Arbeit und von der Reise, die er jetzt macht. Dabei habe ich ihn genau angesehen. Ich dachte immer, diesen schönen vollen Körper siehst du jetzt nie wieder. Und bekam Lust, ihn zum letzten Mal zu haben. Wir sind zum ersten Mal zusammen in ein richtiges Bett gegangen. Da konnte ich ihn endlich ganz nackt sehen mit seiner Karamellhaut. Sonst haben wir es immer in aller Eile machen müssen, zwischen Mänteln, Pullovern, feuchten Böden und mit der Angst, gesehen zu werden. Diesmal haben wir uns Zeit gelassen. Aber er vögelt nicht so gut wie Romolo. Er hat einfach nur diesen schönen hellen Körper, und der gefällt mir immer besser, je länger ich ihn ansehe.

Sonntag
Jetzt läuft Tano im Gefängnis rum, als ob er da zu Hause wäre. Er ist fröhlich: redet pausenlos, raucht weniger, ißt alles, was sie ihm geben. Von mir will er Geld, immer nur Geld. Er sagt, er kann sich alles kaufen, was er braucht. Er hat sich angefreundet mit einem, den sie Händchen nennen, weil er kleine flinke Hände hat wie die Affen. Sie haben sich lieb wie Mann und Frau, hat er mir gesagt. Und ich? Du bist meine Frau draußen, Händchen ist meine Frau drinnen. Das war seine Antwort. Und dann hat er angefan-

gen zu lachen. Wenn er lacht, macht er immer einen schiefen Mund, damit man die Zahnlücke nicht sieht.

Dienstag
Liberio hat einen Brief aus Hamburg geschrieben. Er sagt, es friert und ist unter Null und die Deutschen sind alle Arschlöcher.

Mittwoch
Romolo ist eifersüchtig. Er kommt jeden Abend und kontrolliert, ob ich allein bin. Jedesmal sagt er, ich soll zu ihm ziehen. Er ist dünner geworden. Er sieht aus wie ein Skelett. Ich habe ihm gesagt, wenn du so weitermachst, bist du nicht mehr lange so schön.

Donnerstag
Marta ist gekommen, zum Bauchzeigen. Sie hat meine Hand genommen und sie sich unter den Rock geschoben. Fühlst du, wie dick der ist, fühl mal. Ich finde schwangere Frauen ekelhaft.

Freitag
Liberio schreibt, er wohnt mit acht anderen italienischen Arbeitern auf einem Zimmer. Sie schlafen in Etagenbetten, wie im Zug. Er sagt, er hat noch nicht mal guten Tag sagen gelernt, und Deutsch ist eine Scheißsprache.

Sonntag
Tano hat zugenommen. Er ist zufrieden. Er lacht und erzählt. Er will Geld von mir. Aber ich habe keins mehr. Ich habe das Geld für die ganze Woche ausgegeben, um Romolo eine wattierte Wolljacke zu kaufen. Es ist Sonntag, und ich habe nur noch zweitausendsiebenhundert Lire, die bis Sonnabend reichen müssen.

März. Montag
Wieder hat ein neuer Monat angefangen. Liberio schreibt, er hat eine Frau gefunden, und sie heißt Christa. Und daß er an mich denkt, wenn er mit ihr im Bett ist. Ich denke auch an ihn. An seinen Giraffenkörper und daß er nach getrockneten Feigen riecht.

Donnerstag
Gestern haben sie mich schon wieder in eine andere Abteilung versetzt. Sie haben mir eine Drehbank anvertraut. Ich habe sie angelassen, und ratsch – hatte ich mir einen Finger abgeschnitten. Ich bin ohnmächtig geworden. Als ich aufgewacht bin, lag ich in der Krankenstation, und eine Frau hat mir eine Spritze in den Arm gegeben. Sie haben mich zehn Tage krankgeschrieben. Aber scheiß drauf. Ich brauche keine Erholung, sondern meinen Finger. Ich hatte sowieso schon immer zwei linke Hände. Dauernd neuen Ärger deswegen.

Sonnabend
Vor lauter Schmerzen hab ich weder gegessen noch geschlafen. Romolo kommt jeden Abend. Aber ich habe gar keine Lust, jemand zu sehen. Ich schlucke Berge von Pillen und bin immer bedusel.

Donnerstag
Schreiben kann ich, wenn ich will; aber ich habe keine Lust. Ich habe zu nichts Lust. Ich habe die Nase gestrichen voll.

DACIA MARAINI wurde 1936 in Florenz geboren und wuchs bis 1946 in Japan auf. Seit den 60er Jahren veröffentlichte sie Theaterstücke, Gedichtbände und Romane. Die engagierte Feministin ist eine der meistgelesenen italienischen Schriftstellerinnen. Sie erhielt viele Preise, darunter auch den »Premio Strega«.
Zuletzt erschien von ihr *Tage im August* (Piper) und als WAT *Zeit des Unbehagens*.

Lesen Sie weiter ...

Dacia Maraini
ZEIT DES UNBEHAGENS
Roman
Kühl und genau, in beinahe Ginzburgscher Trockenheit
folgt Dacia Maraini dem Weg einer jungen Frau, die langsam
beginnt, ihr Leben selbst in die Hand zu nehmen.
Aus dem Italienischen von Heinz Riedt
WAT 375. 192 Seiten

Djuna Barnes
HINTER DEM HERZEN
Ein Lesebuch, das die ganze Djuna Barnes vorstellt:
Interviews, Portraits, Short Stories, Auszüge aus den Romanen –
und bisher unbekannte Gedichte und Briefe.
Zusammengestellt von Susanne Schüssler
SVLTO. Rotes Leinen. 144 Seiten

Doris Lessing
LIEBHABER MEINER PHANTASIE
Erzählungen
Die schönsten Erzählungen der großen Schriftstellerin
und Meisterin kurzer Prosa: Geschichten von Frauen in einer von
Männern bestimmten Welt – und von ihrer Aufmüpfigkeit,
ihren Tricks und ihren Leidenschaften.
Aus dem Englischen von Adelheid Dormagen,
Manfred Ohl und Hans Sartorius
SVLTO. Rotes Leinen. 128 Seiten

Wenn Sie mehr über den Verlag und seine Bücher wissen möchten, schicken Sie uns eine Postkarte. Wir schicken Ihnen gerne die ZWIEBEL, unseren Westentaschenalmanach mit Lesetexten aus den Büchern, Photos und Nachrichten aus dem Verlagskontor. Kostenlos, auf Lebenszeit!

Verlag Klaus Wagenbach   Emser Straße 40 / 41   10719 Berlin

Die italienische Originalausgabe erschien 1968 unter dem Titel
Mio marito bei Gruppo Editoriale Fabbri, Bompiani, Sonzogno, Etas,
Mailand, die erste deutsche Ausgabe unter dem Titel *Winterschlaf*
1984 im Rotbuch Verlag, Berlin.

Mit freundlicher Genehmigung des Piper Verlags, München
© 1999 RCS Libri S.p.A., Mailand
© 2001 Piper Verlag GmbH, München
© 2002 für diese Ausgabe: Verlag Klaus Wagenbach
Emser Straße 40/41, 10719 Berlin
Umschlagabbildung: Sigmar Polke, Ohne Titel (Kuß, Kuß), 1965
Sammlung Dr. Reiner Speck, Köln
Gesetzt aus der Rotis Serif
Gedruckt aus chlor- und säurefreiem Papier
und gebunden von Clausen & Bosse, Leck
Bucheinbandstoffe von Hubert Herzog, Beimerstetten
Printed in Germany. Alle Rechte vorbehalten
ISBN 3 8031 1206 0